a Lei de Murphy
e as mulheres

**Faith Hines
Pam Brown**

a Lei de Murphy
e as mulheres

Tradução de
OTA

EDITORA RECORD
RIO DE JANEIRO • SÃO PAULO
2003

CIP-Brasil. Catalogação-na-fonte
Sindicato Nacional dos Editores de Livros, RJ.

O96L
    Ota, 1954-
    A lei de Murphy e as mulheres / Faith Hines, Pam Brown; tradução e adaptação Ota; ilustrações Jaguar. – Rio de Janeiro: Record, 2003.
    128p. : il. ;

    Adaptação de: Mrs. Murphy's law / Faith Hines, Pam Brown
    ISBN 85-01-06514-5

    1. Murphy, Lei de. 2. Mulheres – Comportamento – Humor, sátira etc. 3. Humorismo brasileiro. I. Hines, Faith. Mrs. Murphy's law. II. Brown, Pam. Mrs. Murphy's law. III. Jaguar, 1932- . IV. Título.

03-2287
    CDD – 869.97
    CDU – 821.134.3(81)-7

Título original em inglês:
MRS. MURPHY'S LAW

Copyright © 1984 by Faith Hines

Originalmente publicado no Reino Unido em 1984 por Exley Publications Ltd., 16 Chalk Hill, Watford, Herts WD 19 4GB, Reino Unido, sob responsabilidade da editora **Helen Exley**.

Ilustrações: Jaguar

Todos os direitos reservados. Proibida a reprodução, no todo ou em parte, através de quaisquer meios.

Direitos exclusivos de publicação em língua portuguesa somente para o Brasil adquiridos pela
DISTRIBUIDORA RECORD DE SERVIÇOS DE IMPRENSA S.A.
Rua Argentina 171 – Rio de Janeiro, RJ – 20921-380 – Tel.: 2585-2000
que se reserva a propriedade literária desta tradução

Impresso no Brasil

ISBN 85-01-06514-5

PEDIDOS PELO REEMBOLSO POSTAL
Caixa Postal 23.052
Rio de Janeiro, RJ – 20922-970

EDITORA AFILIADA

Sumário

A Lei de Murphy e as Mulheres: Uma História 7

A Sra. Murphy Vira Mamãe Murphy 13

Mamãe Murphy e Seus Murphinhos 19

Mamãe Murphy *Versus* Adolescentes 27

A Sra. Murphy e a Vida de Casada 33

A Sra. Murphy e os Trabalhos Domésticos 39

A Sra. Murphy Vai às Compras 53

O Lugar da Sra. Murphy É na Cozinha 63

Na Saúde e na Doença 71

Beleza e Desgaste: a Sra. Murphy e a Lei da Gravidade 77

A Juventude da Sra. Murphy 83

Morando Sozinha: a Jovem Sra. Murphy Sai de Casa 89

A Sra. Murphy Vai Trabalhar 97

Sra. Murphy Apaixonada 107

A Sra. Murphy, a Sexualidade e a Dor de Cabeça 113

A Sra. Murphy e os Homens Machistas 119

A Lei de Murphy e as Mulheres: Uma História

Tenho certeza de que foi num desses dias perfeitos que só existem na lembrança: o sol da tarde não tinha de lutar contra nenhuma nuvem, soprava uma brisa suave e perfumada, ouviam-se o apito de um trem e o zumbido das abelhas a distância. Um dia ideal para esparramar-se em uma rede sob as macieiras, com um copo de cerveja gelada numa das mãos e o jornal na outra. Um dia para contemplar o universo e ter a certeza de que ele é bom.

Era exatamente isso o que Murphy estava fazendo quando algo caiu em cima de sua cabeça. Podemos fazer apenas suposições sobre de que forma o apocalipse desabou sobre ele: terminou seu banho de sol, notou que uma das fabricantes de mel de sua vizinha estava boiando na cerveja no momento em que ia dar um gole e encontrou uma linda mancha na camisa, resultado de um passarinho que tinha passado voando por ali. Por todos esses motivos, sua visão do universo deu uma guinada de 180 graus e ele teve um *insight*, uma epifania que mudou sua vida para sempre e resultou na formulação de uma lei fundamental para a compreensão do funcionamento do universo: a Lei de Murphy. Evento tão avassalador e iconoclasta já havia acontecido em outra ocasião, quando uma maçã despencou e destruiu todos os conceitos confortáveis que até então a humanidade tivera.

"Se algo pode dar errado, dará..."

Esta é uma lei tão bela em sua simplicidade e fundamental quanto as leis de Newton ou de Einstein e, ao contrário destas últimas, não sofre a ameaça de que nenhuma pesquisa futura demonstre que está errada.

Então, por que nenhum dos grandes gênios científicos que pôs sua marca sobre o mundo jamais pensou algo tão óbvio e simples?

Se pensarmos bem, é quase certo que Curie, Kepler e Planck deixaram de comparecer a algum compromisso porque anotaram errado na agenda. E — isso é uma verdade absoluta — todos sabemos que a verdade científica flutua com o passar do tempo. Só a lei de Murphy é constante. E mais importante para a vida da humanidade que $e=mc^2$.

Entretanto, apesar de não termos como saber se Newton estava ou não sozinho no pomar, sabemos que havia mais alguém com Murphy quando ele se deparou com o momento da verdade. A sra. Murphy, agachada atrás de um arbusto com uma tesoura de jardinagem em uma mão e um ramo com espinhos na outra. No instante daquele pequeno apocalipse, estava ocupada fazendo suas tarefas; Murphy, para dizer a verdade, não tinha ido trabalhar porque estava com uma gripe forte.

Mas, muito antes de Murphy abrir os olhos naquele dia que seria tão traumático, a sra. Murphy já havia cumprido uma árdua jornada de trabalho. Naquela manhã, tinha limpado as cinzas da churrasqueira (Murphy adora acender um fogo no jardim. "Isso dá vida a uma casa", diz ele) porque, afinal, podia chover à tarde. Acordara as crianças, encontrara os sapatinhos do Pedro no lixo, vestira as criaturinhas, preparara o café dos pequeninos e trocara a roupa da Julinha mais uma vez, pois ela havia derramado leite achocolatado no vestido novo. Depois varreu a casa, lavou a louça, fechou a porta da varanda para evitar que as crianças fugissem, separou o cachorro do gato e passou o aspirador na sala, no lugar onde seu marido passara a noite vendo televisão e comendo batatas fritas. Ainda teve tempo de tirar o pó dos móveis e as roupas do varal e, por último, pediu mais uma vez ao marido que consertasse o vazamento da máquina de lavar roupa. A resposta dele foi que o faria logo depois de tomar o café da manhã e dar uma olhada no jornal.

Quando Murphy pronunciou essas palavras, sua mulher já estava pronta para tomar café com ele. Mas assim que ele terminou, lembrou-se de que precisava ir com urgência até a oficina falar com o mecânico, e saiu apressado. Ela pediu a ele que trouxesse papel higiênico da rua e, assim que o marido saiu, a sra. Murphy começou a limpar a gaiola do passarinho e a terra que o gato tinha jogado para fora da sua caixinha.

Terminou aquilo tudo no meio da manhã e ficou um bagaço. E já estava na hora de começar a preparar o almoço. O sr. Murphy — sem o papel higiênico, é claro! — chegou quando as batatas estavam ficando prontas e disse que só depois iria consertar a máquina de lavar, pois a comida poderia esfriar. Sentou-se à mesa e pediu que a mulher trouxesse uma cerveja da geladeira.

Quando terminou de comer — e de tomar outras duas latas de cerveja trazidas da mesma geladeira pela mulher — percebeu que não sabia o tamanho certo das tubulações da máquina de lavar e foi até a garagem ver se encontrava as peças e ferramentas das quais iria precisar. Enquanto ia até lá, sua esposa lavou os pratos, separou mais uma pilha de roupa suja para jogar na máquina e deu a mamadeira para o caçula.

Quando chegou na garagem, Murphy lembrou-se de que estava gripado e precisava descansar. Viu a velha rede jogada num canto e resolveu levá-la para o jardim, onde poderia cochilar enquanto fazia a digestão e terminava de ler o suplemento esportivo do jornal.

— Uma digestão tranqüila é o segredo da boa saúde — disse o sr. Murphy.

Sua mulher, depois de encher a máquina, esperá-la terminar o serviço e pendurar a roupa molhada, estava podando as plantas quando se furou num espinho. Foi nesse exato momento que Murphy gritou:

— Se algo pode dar errado, dará.

E assim a lei foi enunciada pela primeira vez.

A sra. Murphy, já com um dedo furado, cortou um dedo da outra mão ao guardar as ferramentas. Então foi até a cozinha buscar uma cerveja para Murphy, resmungando entre dentes sua primeira lei:

— ...e sempre haverá uma mulher em quem botar a culpa.

Agora as crianças já estão crescidas e a sra. Murphy tem um pouco mais de tempo para fazer suas coisas. Pelo menos quando os meninos e as meninas não estão em casa se recuperando de uma pneumonia, um parto recente, uma briga conjugal ou de uma inundação no apartamento. Ela até arranjou um emprego e, depois de uma vida inteira ao lado do sr. Murphy, se deu conta de que o mundo das mulheres estava há séculos esperando que alguém o expressasse e o explicasse, formalmente, através de palavras.

Aqui e agora apresentamos uma seleção dessas verdades dolorosas que foram descobertas pelas mulheres, sempre, é claro, do jeito mais difícil, desde a época das cavernas até os nossos dias.

A Sra. Murphy Vira Mamãe Murphy

Lei do Timing da Concepção
Pouco antes das passagens para aquela longa e tão sonhada viagem ao deserto de Atacama chegarem às suas mãos, você descobrirá que está grávida.

Lei da Marinheira de Primeira Viagem sobre a Gravidez
Quando você fica grávida pela primeira vez, percebe que a gravidez não é nada daquilo que estava escrito nos livros.

Lei da Candinha sobre a Vergonha
Mulher que casa grávida não usa vestido justo na cerimônia.

Lei de Mary Quant
Quando uma mulher grávida leva um tombo e cai de bruços, todas as pessoas que estão à sua volta se preocupam com o bebê. Ela se preocupa com o vestido.

Advertências de Madame Oliveira Batista
1. Ao comparecer grávida no jantar anual da empresa de seu marido, ele vai exibi-la como uma prova cabal de sua virilidade. Ou tentará escondê-la embaixo da mesa.
2. Os homens gostam da idéia de que suas esposas fiquem grávidas. Mas não percebem que a gravidez dura pouco.

Leis de Mãe Joana sobre a Barriga
1. Ao engravidar, nenhuma mulher acredita que pode ficar tão imensa de gorda.
2. Até o vestido de gestante mais caro acaba se parecendo com uma toalha grande atirada displicentemente sobre uma bola de praia.
3. A mulher que passa toda a gravidez massageando o ventre com cremes caríssimos contra estrias termina a gravidez com uma barriga enorme e muito sedosa.

Lei da Dra. Rolex sobre o Controle do Tempo
1. A futura mamãe que preparou tudo para ter um parto natural em casa começa a ter as primeiras contrações bem no meio de uma consulta com seu obstetra.
2. Os bebês modernos não nascem quando chega a hora, mas quando há um espaço na agenda do médico.

Lei de Rose Marie sobre a Posição Ideal
A posição mais recomendada pelos médicos para se ter um bebê é deitada de barriga para cima. Isso se baseia no fato de que uma tartaruga, nessa posição, fica absolutamente indefesa.

Lei do Manual da Futura Mamãe
Os obstetras saem do sério se, durante um parto, algo não transcorre de acordo com as regras do manual. Bebê algum, porém, jamais leu o manual.

Regras do Parto
1. Depois de um gigantesco esforço para se acalmar e ficar tranqüila, fazendo os exercícios de respiração que passou semanas praticando, alguém trará algo para você comer.
2. Algum intrometido brincalhão sempre vai lhe dizer que não empurre.
3. Um bom domínio do idioma pode facilitar um parto.

Errata de D. Marisa
De acordo com os livros, uma mulher que acabou de dar à luz deve ficar numa cama e rodeada de flores. Na

realidade, ela estará de avental, na cozinha, limpando a lambança que o seu filho de dois anos acabou de fazer.

Quatro Normas da Filha da Mãe
1. Ninguém diz que está esperando um ser humano, só se fala de bebês. Mal sabem a surpresa que vão ter.
2. O nascimento de uma criança é um evento tão especial quanto a estréia de uma peça. Mal sabe a mãe que, na verdade, vai ser uma novela que não acaba nunca.
3. A mãe que planeja a educação do seu filho está deixando de perceber que, na verdade, é o seu filho que está planejando como vai dominar sua mãe.
4. As mulheres com as atitudes mais românticas em relação aos seus bebês são aquelas que têm problemas de memória.

Lei da Primeira Noite em Casa
Só há uma coisa que preocupa mais uma mãe do que um bebê chorando: um bebê dormindo.

Leis da Noite em Claro
1. Não é recomendável ficar escutando atrás da porta do quarto do bebê para comprovar que ele está dormindo. Ele está.
2. O bebê que dorme como um anjinho durante todo o dia vai passar a noite inteira acordado, exigindo os carinhos da mãe.

Lei das Compensações Pegajosas
O bebê que tem nojo de bananas tem uma atração irresistível por vasos sanitários e latas de lixo.

Regra das Primeiras Impressões da Sra. Frankenstein
1. A maioria dos recém-nascidos parecem gnomos grotescos após uma discussão com praticantes de jiu-jítsu. A maioria das mães, quando olha pela primeira vez para sua cria, acha que deve ter havido uma troca.
2. E aquelas que, apesar de gostarem do bebê, não conseguem dizer que é lindo entram para a lista negra, tendo seus nomes anatemizados pelos vizinhos para todo o sempre.
3. As mulheres que têm problemas com seus sogros ou suas sogras costumam se ver diante de uma cópia exata de um dos velhos com cerca de três quilos de peso.

Lei do Cochilo da Sra. Murphy
Se a mãe finalmente consegue dormir enquanto o pequeno faz a sesta, alguém tocará a campainha para deixar uma carta registrada para os vizinhos do lado.

Sabedoria Popular do Troninho
Um bebê com uma expressão profundamente séria é um bebê que está com as fraldas sujas.

Um bebê com um sorriso vitorioso está com o troninho completamente vazio.

O dia em que o bebê acha que já sabe fazer no troninho como gente grande, esquece de tirar as calças.

Um bebê consegue sincronizar perfeitamente a hora de pedir para fazer xixi com a hora em que você está ligando o carro.

Leis de Sabotagem Infantil de Patti Hearst
Se você sair e deixar o bebê dormindo no quarto, menos de cinco minutos depois ele terá arrancado o cobertor a patadas, a calça do pijama estará nos tornozelos, o casaquinho no pescoço, o bonezinho ao contrário e pelo menos uns três ursinhos terão voado do berço.

Observação da Sra. França
Qualquer mãe que tenha apenas duas mãos pode ser considerada uma deficiente física.

Mamãe Murphy e Seus Murphinhos

Leis Básicas da Mãe Joana sobre os Filhos
1. O fato de eles não saberem dizer uma coisa não significa que não a saibam fazer.
2. Qualquer criança sabe que, se aparecer despenteada e com cara de sono no meio de uma festa de adultos em casa, deixará as mulheres comovidíssimas com sua presença e conseguirá assim ficar pelo menos meia hora fora da cama. E ainda descolar um copo de refrigerante e uns salgadinhos.
3. Tudo que você disser na frente de uma criança, por mais nova que seja, poderá ser usado contra você.
4. Só se consegue enganar uma criança uma única vez.
5. Um bebê com um aspecto inocente é um bebê prestes a aprontar alguma.
6. Se uma criança entra por uma porta cobrindo você de beijos, procure imediatamente o que ela quebrou.
7. Os meninos que têm dificuldade em pronunciar as palavras "cachorro" e "gato" não têm nenhum problema na hora de soltar os tacos do chão da sala.

As Duas Leis da Mãe Desesperada
1. Nenhuma criança é tão inocente quanto parece.
2. É impossível fabricar algo à prova de crianças.

As Seis Regras dos Brinquedos
1. Aquele brinquedo educativo caríssimo está sempre por baixo de todos, no fundo do baú. O divertimento favorito sempre acaba sendo uma velha caixa de papelão.
2. O brinquedo completa e veementemente desaprovado pelos educadores é sempre o de que eles mais gostam, geralmente um revólver ou um videogame violento.
3. O livro sem pé nem cabeça que chateia você até um estado próximo do vegetativo é exatamente aquele que seu filho pede que leia para ele todas as noites. E que os céus tenham piedade do progenitor que tentar pular um único parágrafo.
4. Ninguém avisa que é preciso usar uma cola fortíssima para montar aquele aviãozinho de brinquedo. O removedor jamais vem incluído na caixa.
5. A última peça do quebra-cabeça está sempre escondida na mãozinha pegajosa de seu filho.
6. Aqueles que dão para seu filho presentes como tambores, apitos, jogos eletrônicos violentos ou dardos com pontas afiadas costumam ser solteiros (ou sádicos). Ou ambos.

Lei do Filho Porcalhão
Os homens acreditam que as mulheres sempre se encantam com crianças. Mas qualquer mulher coberta dos pés

à cabeça com sopa de legumes semidigerida expressará suas sinceras dúvidas sobre esta afirmação.

Regra de Cálculo da Sra. Pitombo
É possível determinar a idade das crianças de uma casa pela altura em que os objetos quebráveis estão guardados.

Observação da Mamãe Pitombo
Crianças pequenas adoram ajudar a limpar as coisas, só que elas confundem o vaso sanitário com a pia.

Lei do Brinquedo mais Caro da Sra. Rosenberg
Crianças pequenas jamais usam o batom mais barato para desenhar nas paredes.

Lei dos Brinquedos Criativos da Mãe do Dexter
1. Quanto mais criativa for a imaginação de uma criança, mais espaço útil ela vai tomar.
2. Quanto mais fortes forem as cores das canetas, lápis de cor e tintas usados pelas crianças, mais difícil será limpar suas roupas.
3. O bem-estar que qualquer atividade proporciona a uma criança é diretamente proporcional ao traumatizante dano psicológico permanente que causa a seus pais.

As Quatro Leis da Locomoção
Se a criança está no velocípede, prefere ir caminhando.
Se a criança está no carrinho, quer que a tirem de lá.

Se a criança está andando, quer voltar ao carrinho ou ao velocípede.

Toda criança que está arrastando um cavalinho de brinquedo quer montar nele.

Lei das Viagens da Vovó Maria
Se a criança passou os últimos 45 minutos da viagem de ônibus pulando no colo de sua mãe, é certo que adormecerá profundamente instantes antes do momento de saltar.

Leis de Dona Nena sobre as Caminhadas
1. Você só vai perceber que há um buraco na sola de seu sapato quando, durante uma excursão ao campo ou na única tarde livre para compras do mês, começar a chover a cântaros.
2. Tudo fica sempre muito mais longe quando você tem uma criança pequena nos braços.

A Verdade Suprema das Mães e dos Filhos
Só há dois tipos de filhos: os nossos e os dos outros.

Lei da Progressão da Dona Cremilda
Se uma criança aprende a fazer algo novo, vai fazê-lo várias vezes para se divertir. Qualquer mãe de um bebê que tenha acabado de aprender a subir e a descer escadas vai começar a planejar cuidadosamente o caminho até o parque. Há muito mais degraus, rampas e escadinhas pelas ruas do que se pode imaginar.

Leis da Rotina Materna de Pafúncia
1. Passar o dia com as crianças é uma rotina, só que sempre com resultados inesperados.
2. Por mais que uma mãe passe o dia arrumando a casa, na hora em que seu marido chegar ela estará um caos.
3. A cada cinco minutos de atraso da hora marcada para buscar seu filho pequeno na casa de uma amiga, a amizade das duas se deteriora consideravelmente.
4. A mãe que faz planos para sair à noite não conhece bem a lei das doenças infantis.
5. As crianças só caem e se machucam quando você resolve sair para jantar fora.

Observação da Dona Fulustreca
Na cabeça das mães que querem chamar um dos filhos em particular sempre surge primeiro o nome de todos os outros. Ou mesmo do cachorro.

Leis da Babá de Creidineide
1. A mãe de um filho único arranja uma babá. A mãe de quatro leva as crianças consigo.

Lei Fundamental de Jucileide sobre Ficar em Casa
Todo e qualquer plano para sair pode ser frustrado ou modificado.

Lei da Dona Zuenilda sobre o Acúmulo de Recordações
O maior incentivo para mudar de casa é o acúmulo de tesouros infantis.

Extensão da Dona Zuenilda
O que começa como um ursinho de pelúcia para cada um acaba se tornando um quarto de empregada cheio de coisas que seus filhos guardam para quando tiverem os deles.

Você será obrigada a guardar as coisas para eles até que se casem e tenham seus próprios quartos de empregada.

Corolário de Vaneide
No dia em que o último brinquedo for levado para o quarto de empregada, sua filha mais velha contará a você que está grávida.

Lei do Amor Materno
O amor que uma mãe sente pelos filhos atinge seu ponto máximo quando ela está esperando que seu filho volte da escola, da colônia de férias, de uma viagem, ou quando o filho que mora em outra cidade está viajando para visitá-la.

Esse amor volta ao nível normal aproximadamente cinco minutos depois que o filho chega.

Norma de Rosilene para Manter a Calma
A mulher que repreende seu filho enquanto conserta sua camisa descobrirá depois que costurou as mangas por engano.

Lei das Crianças de Rosileide
Só há dois tipos de criança:
1. As que se comportam como anjinhos na rua e como demônios em casa.
2. As que são uns anjinhos em casa e se transformam em vândalos quando saem para a rua.

Lei dos Pais da Filha de Rosileide
Há dois tipos de pais:
1. Os que nunca permitem que os filhos de seus amigos ultrapassem os limites da porta.
2. Os que abrem a sala de estar para todas as crianças da vizinhança.
   Os primeiros são aqueles que acabaram de pintar a casa e de comprar móveis novos.

Enfoque Psicológico da Sra. Freud
O grande problema dos manuais sobre criação de crianças é que, depois de dez anos, os especialistas que os escreveram admitem que erraram.

Enfoque Prático de Barbara Bush
As mães que costumam se deparar com mentiras enormes costumam ser capazes de desmascará-las.

Lamento da Sra. Gimenez sobre os Carrinhos
A altura e a inclinação de uma ladeira são diretamente proporcionais ao peso da criança que estiver em um carrinho.

A rampa para entrar no supermercado se transforma no monte Everest quando você tem quatro filhos.

Mamãe Murphy
Versus Adolescentes

Lei da Adolescência
A premissa básica no relacionamento mãe/adolescente é que nenhum adolescente acredita que sua mãe seja um ser humano.
    O que é cedo para uma mãe é tarde para um adolescente.

Descoberta da Sra. Blockbuster
Num caso pouco provável em que toda a família tenha saído à noite e a mãe tenha finalmente conseguido sossego para relaxar e assistir a um DVD, eles voltarão de repente contando um acontecimento desesperado, dizendo com detalhes quem fez o quê (e a respectiva reação da polícia) no exato momento da cena mais importante do filme.

Leis da Dona Otília sobre os Filhos Homens
1. A mãe de um machista é a mulher que sempre diz: "Bem, os meninos são meninos."
2. A influência materna na educação dos filhos pode ter resultados positivos, como as boas maneiras, a atenção aos demais e o interesse pelas artes plásticas. No

entanto, todos os garotos que se comportam assim são chamados de bicha pelos coleguinhas, mesmo que existam muitas provas do contrário.

Leis do Adolescente Superior
1. Nenhuma mulher jamais admitirá que, em sua época, vestia-se como as garotas do filme que os seus filhos adolescentes estão contemplando absolutamente chocados. A vingança implacável virá dentro de vinte anos.
2. O que é moda numa geração torna-se ridículo vinte anos depois. São necessários quarenta anos para o estilo voltar a ser *hype* ou *in*.

Leis do Coração Amoroso
1. O amor que as mães sentem por seus filhos adolescentes é diretamente proporcional à distância que os separa deles.
2. É mais fácil ser um bom filho por correspondência.

Lei de Cileide sobre o Ensino Superior
Se seu filho pode optar entre três universidades no Brasil, outras duas no exterior ou uma bolsa para uma especialização na Sorbonne, ele vai acabar fazendo um curso de teatro.

    E vai colocar a culpa em você.

Leis de Benedita sobre as Filhas Adolescentes
1. As meninas que estão na pré-adolescência são amadas com ternura. Isso não impede que, com o passar do tempo, nos inspirem um profundo desagrado.
2. Justo quando começa a acertar a mão na educação de suas filhas, elas se transformam em adolescentes.
3. Sejam punks, hippies ou roqueiros, é sempre mais fácil entender o filho dos outros do que os seus.

A dúvida da Tia Nastácia
É difícil associar o rapaz com cabelo punk tingido de vermelho à linda criança da foto no porta-retrato da sala.

Leis da Mamãe Murphy sobre os Filhos Comportados
1. Se seu filho é calmo, comportado e se veste bem, um dia aparecerá com mechas descoloridas no cabelo, em partes do corpo que estranhamente nunca tiveram cabelo, tatuagens na cabeça ou qualquer outra coisa estranha que tenha virado moda.
2. Se seu filho adolescente não costuma aprontar nenhum problema, de repente ele vai resolver colecionar répteis, aranhas ou escorpiões. Ou pássaros empalhados.
3. Se você está ligado com as novidades da música pop, gosta de futebol, entende de computadores, aprova o uso de maquiagem forte e o cabelo cor-de-rosa, então seu filho adolescente vai se dedicar à taxidermia. Dentro da sua cozinha.

Conclusão
Todo mundo considera o seu próprio filho machista de dezoito anos um perfeito cavalheiro.

Leis da Altinéia sobre as Despedidas
1. Sempre que você se despedir de seu filho, ele voltará em poucos instantes.
2. Quando um filho sai de casa, há três alternativas: você recebe bilhetes ilegíveis da fronteira do Afeganistão, reclamando dos americanos, visitas dominicais com grandes quantidades de roupa suja de bebê, ou tem de arrumar às pressas o antigo quarto deles porque estão voltando.
3. Nenhum ser humano se torna adulto até que sua mãe esteja sob sete palmos de terra.

P.S. da Sra. Murphy
Crianças não são tão más assim. O que dá mais melancolia é encontrar entre suas lembraças aqueles bilhetes que escreviam com garranchos: "Perdão por termos quebrado o vaso. Nós te amamos."

A Sra. Murphy e a Vida de Casada

Lei Fundamental do Casamento
A cerimônia do casamento anula qualquer atributo anterior de qualquer mulher. No momento em que a aliança é colocada em seu dedo, espera-se que automaticamente ela comece a gostar de cozinhar, limpar janelas, lavar e passar roupa, esfregar panelas e até mesmo limpar privadas.

Observação da Sra. Macedo
Se, como costumam dizer, os casamentos são feitos no céu, alguém deveria reclamar com Deus sobre o encarregado de avisar às pessoas na Terra.

Afirmação de Sylvia
Nenhum homem merece nariz e olhos vermelhos de choro.

Lei da Naná sobre a Ansiedade
No dia em que você cria coragem para dizer a ele de uma vez por todas que vá embora, ele chega em casa numa ambulância.

Lei da Dona Augustina sobre os Desastres
Os homens estão sempre incomunicáveis em um congresso no exterior, atravessando o Atlântico Sul a remo ou participando do Big Brother quando a casa cai.

Lei Básica do Matrimônio da Dona Carlota
O homem que se casa para ter filhos invariavelmente acaba se divorciando da sua esposa porque esta dá atenção demasiada a eles.

Gambito da Rainha do Lar de Ivanete
Uma mulher quer tomar um cafezinho.
Ela vai à cozinha e liga a cafeteira.
Ela grita da cozinha: "Quer um café, querido?"

Um homem quer tomar um cafezinho
Ele se acomoda no sofá.
Ele diz para a mulher: "Puxa, gostaria tanto de tomar um cafezinho. Você também não está com vontade, querida?"
 A menos que esse tipo de coisa seja cortado logo no início do casamento, a mulher se verá obrigada a fazer café até que chegue a velhice e a senilidade, e o marido a repreenda por ter esquecido de colocar o filtro. Qualquer jogada dessa natureza traz um risco, mas vale a pena acomodar-se no sofá da sala e murmurar: "Que ótima idéia. Estou um caco. Você é maravilhoso por ter pensado nisso. E, já que vai na cozinha, poderia trazer também uns biscoitinhos, hein, amor?"
Em seguida, feche os olhos.

Lamento de Genecy

Os homens não resmungam, simplesmente mostram como devem ser as coisas. Por essa razão, a maior parte dos assassinatos é cometida dentro do lar.

Mulheres não resmungam. Elas simplesmente perguntam a mesma coisa cinqüenta vezes... porque nunca obtêm resposta.

Lei de Claudileide

As mulheres que vivem se desculpando o tempo todo para manter a paz se arriscam a enfrentar um divórcio cujo motivo, alegado pelo marido, seja exatamente o fato de ficarem pedindo desculpas o tempo todo.

Lei de Genilda sobre o Marido Extraviado

A Mãe Natureza é sempre mais generosa com a Outra.

Fundamentos da Moral Dupla

Cláusula Primeira

Os homens que abandonam o lar ficam espantados quando suas esposas não os aceitam de volta.

Cláusula Segunda

O homem que se desculpa envergonhado depois de passar por um período de adultério espera que a esposa o perdoe (é o mesmo homem que, quando pequeno, a mãe lhe perdoava tudo, desde que ele chorasse um pouquinho).

Cláusula Terceira
A possibilidade de que um homem chegue em casa cheirando a Chanel nº 5 porque esbarrou na rua com uma colega de trabalho é muito remota.

Definições de Mia Farrow
O divórcio é o ato que permite que duas pessoas sejam livres para começar de novo.
   Ele, com sua namorada, sua profissão, sua conta corrente e o aparelho de DVD.
   Ela, com as crianças, o passarinho, o cachorro, uma sinfonia de goteiras e tacos soltos na casa e um diploma inútil de enfermeira auxiliar da Cruz Vermelha.

Leis Empíricas de Zenaide
1. Divórcio é uma tragédia que, após algum tempo, dá até um certo alívio.
2. Uma mulher só descobre que não é preciso ser um economista para administrar as contas da casa quando o marido vai embora. Ela então percebe que as horas que ele passava fazendo listas, gráficos e contas complicadas podem ser substituídas simplesmente se as contas forem pagas à medida que chegarem.

Advertência da Dona Encrenca
Se permitir que um advogado toque um dedo sobre qualquer casamento que está em crise, este acabará imediatamente.

Regra de Ouro de Ivana Trump
Depois do divórcio, tem-se toda a cama para se espreguiçar.

Opinião do Ex-Marido
A maneira mais barata de educar os seus filhos é pagar à ex-esposa para que o faça.

Lei da Sra. Gonçalo sobre os Pais Divorciados
1. Quando você tiver economizado o suficiente para comprar um tapete que combine com o jogo de sofás, os sofás já estarão imprestáveis.

2. Crianças têm vergonha de trazer seus amigos para a casa que eles mesmos deixaram em petição de miséria.

Leis da Sra. Matarazzo sobre os Novos Pobres
1. Qualquer um que tenha um móvel antigo valioso do qual queira se desfazer olha em volta em busca de alguém que o mereça. Uma mulher divorciada, com quatro filhos e que more em um apartamento minúsculo é a escolha perfeita.
2. A palavra caridade significa dar para alguém uma lavadora de roupas velha que não valia a pena mandar consertar.

A Sra. Murphy e os Trabalhos Domésticos

Quando uma mulher se casa ninguém a avisa da verdadeira extensão de tudo que lhe será exigido. Ela realmente pensa que um livro de receitas fáceis, um bom livro do bebê e um manual de sexo darão conta de tudo.

Entretanto, nenhum desses livros ensina a enfrentar situações como o fatal encontro de um hamster com uma máquina de lavar roupas, o afundamento de olhos de bonecas, vasos sanitários entupidos com bichinhos de pelúcia com estranhos hábitos de higiene ou grãos de arroz espalhados pelos cantos mais impensáveis da casa.

Lei Universal do Trabalho Doméstico
O trabalho doméstico se expande a tal ponto que qualquer outra atividade mais interessante fica excluída.

Lei de Todas as Esposas
O trabalho doméstico leva mais tempo do que se pensa.

Lei da Confissão Sincera
Quando uma visita perguntar, admirada, "Mas como você consegue tirar o pó desta coleção maravilhosa de bichinhos de porcelana?", diga a verdade: que não a limpa nunca!

Lei da Chegada Indesejada da Primavera
1. Não há nada tão angustiante para a dona-de-casa normal e incompetente quanto o deslumbrante primeiro raio de sol da primavera.
2. Nenhuma dona-de-casa organizada pode imaginar o que sugere a visão de vidraças que não foram limpas durante todo o inverno.

Lei da Madame
Você só vai perceber o quanto sua casa está imunda quando está esperando sua primeira faxineira.

Lei da Dra. Doolittle
Se quando estiver servindo o cafezinho a uma visita uma barata enorme atravessar a sala, chame-a por um apelido carinhoso. É sempre melhor ser considerada um pouco excêntrica do que uma desleixada. Se não tiver essa presença de espírito, sempre se pode utilizar o argumento do respeito à vida.

Regras da Sogra
1. Toda dona-de-casa sempre se esquece de algo, e este algo é sempre a primeira coisa em que a sogra repara.

2. Quando uma dona-de-casa vai arrumar um armário e joga todo o conteúdo no chão, recebe sempre uma visita de surpresa, e adivinhe de quem?

Lei da Peça Faltante
Seja um jogo de pratos ou um simples par de meias, quando se vai arrumá-lo sempre estará faltando uma peça.

Primeira Lei das Coisas
As coisas rolam para debaixo de outras coisas, para desaparecerem em seguida.

Última Lei das Coisas
É difícil se desfazer dos cacarecos velhos.

Advertência Terrível da Mãe Conceição
Todas as catástrofes são anunciadas por advertências tão sutis que são quase impossíveis de se detectar até que seja tarde demais. A rachadura fina como um fio de cabelo de hoje é a cratera gigantesca de amanhã.

A manchinha de umidade que apareceu no batente da janela indica que será preciso substituir todas as janelas da casa.

Um buraquinho diminuto na madeira significa a invasão de um dedetizador e seu séquito de assistentes mascarados.

Leis da Tábua de Passar Roupa
1. Aquela enorme toalha de mesa com bordados sempre consegue chegar ao topo da pilha de peças para passar.
2. As mulheres não costumam errar a temperatura do ferro de passar. Mas quando isso acontece, é sempre com uma camisa nova.
3. Tábuas de passar roupa foram desenhadas por homens. Por isso mordem.
4. Mudar a pilha de roupas para passar de uma cadeira para outra não resolve coisa alguma.
5. Homens raramente passam a ferro. Quando o fazem praticam com a melhor camisa.

6. Tirar todas as meias, toalhas, camisetas e roupa íntima, misteriosamente, não diminui o tamanho da pilha de roupa para passar.

Teorias da Sra. Godofredo sobre o Tempo Contado

1. Se você acha que dá para ir correndo e chegar ao banco um segundo antes que ele feche, vai invariavelmente esbarrar com aquela vizinha velha no caminho.
2. Se você tem apenas um tempo mínimo para terminar o que está fazendo, é aí que aquela sua amiga chata vai aparecer para uma visita de surpresa ou telefonar.

Lei do Design de Madame Pompom

Qualquer móvel que você compre, depois de fazer uma enorme pesquisa por um monte de lojas, terá algum problema sério de design.

Lei Fundamental da Sra. Murphy sobre a Economia de Tempo

O tempo que se poupa usando um utensílio para economizar tempo é o mesmo que se gasta para se montar ou limpar esse utensílio.

Lei do Bombeiro Hidráulico da Sra. Ágata

Um bombeiro hidráulico nunca tem a ferramenta apropriada para o conserto que precisa ser feito em sua casa.

Lei das Empresas Prestadoras de Serviço
Os funcionários das companhias de gás, energia elétrica, telefone ou água nunca vêm duas vezes. O segundo funcionário que vier não tem nenhum registro da visita do primeiro. O terceiro vai ficar espantado ao ver como uma mulher sabe tanto sobre coisas técnicas.

Pensamentos da Sra. Murphy
1. Um homem sempre está em desvantagem porque foi treinado para pensar que apenas a ferramenta certa pode fazer um trabalho específico. Uma mulher não tem tais inibições.
2. Toda e qualquer mulher sabe que a maioria dos consertos podem ser feitos com:
   a) uma faca de cozinha
   b) um clipe de papel aberto
   c) um pente
   d) sabão
   e) uma porradinha

Leis da Máquina de Lavar Roupa
1. Quando a visita da sogra é esperada, a máquina vai entupir e inundar a cozinha.
2. Quando todas as roupas usáveis estiverem no cesto de roupa suja, a máquina ficará com defeito.

Lei de Creide
Se é possível você passar por uma imbecil quando algum técnico for chamado para um conserto de emergência, você dará um jeito de passar por imbecil.
   Exemplos:

A TV não funciona porque você se esqueceu de ligá-la na tomada.

Você não sabia que tinha que limpar certos aparelhos por dentro, para que a poeira não entupisse o motor.

Guia de Etiqueta da Tia Gisela
Para estar prevenida contra essas eventualidades, o melhor é sempre ter peças sobressalentes à disposição e um café pronto para quando chegar o técnico.

Leis da Tia Pepita sobre os Seguros
Você só descobre que o seguro não cobria enchentes quando a água está na altura de um metro em sua casa. (Ou quando a bóia da caixa-d'água não funciona, a água invade a casa dos vizinhos e eles ameaçam processar você se não indenizar todos os prejuízos.)

O anterior é válido para quase todos os acidentes e quase todos os seguros.

Breve Aviso da Sra. Murphy
No campo da eletricidade, as mulheres se lançam precipitadamente onde os maridos estão com medo de sequer dar um passo. Os maridos que chegam em uma casa escura e muito quente se esquecem de que foram eles que causaram o curto-circuito.

Lei de Penélope
Crianças e gatos sabem por instinto qual o momento em que você está mergulhando no mais profundo dos sonhos. Eles escolhem este momento para passar mal, gritar ou colocar as patinhas em seu olhos.

Um gato amoroso implica cadáveres sangrentos e sem cabeça no seu travesseiro.

Resumo da Tia Neuza
Se você sofre qualquer acidente ou perda, este será o único que a sua apólice não cobre. A menos que seja com sua vizinha de porta.

Lei de Morticia Addams
Se você faz algum tipo de seguro-funeral, o que seus parentes vão receber na hora em que você morrer mal vai dar para comprar meia dúzia de flores.

Lei do Vendedor
Quando for comprar uma casa, tenha sempre em mente que a possibilidade de acontecer algum desastre estrutural é diretamente proporcional a quanto você se encantou por ela.

Lei de Gerúsia sobre o Pensamento Lateral
Muitos vasos sanitários funcionam perfeitamente durante muitos anos com uma escova dentro do depósito de água.

Comentário de Genecy sobre a Lei de Gerúsia
Se está funcionando assim, não conserte.

Quatro Leis Básicas de Ágata sobre os Gatos
1. Se você precisa de alguma coisa, o gato está sentado em cima dessa coisa.
2. Um gato na casa é um gato na cama.
3. Gatos caminham muito lentamente por entre os pés de alguém que está carregando pratos quentes.
4. Quem diz "deixe lá, que ele acabará comendo" é porque não tem um gato.

Lei de Querubina
Se você resolve finalmente dar aquela há muito prometida geral no seu armário para se livrar de todos os trastes velhos, as crianças vão achar que todos eles são brinquedos maravilhosos e vão querer levá-los para os seus quartos.

Observação da Dona Vânia sobre as Estantes
Os livros se reproduzem.

Tese de Penélope
1. Existe um ponto invisível no espaço-tempo que atrai as chaves e pés de meias soltos.
2. Os objetos são como as marés. Eles fluem e preenchem todos os espaços que ficam nos fundos da casa.

Chave da Sra. Marx sobre a Autodestruição
Comprar é o ópio da dona-de-casa.
    Se as lojas caras estão além das suas possibilidades, você fará compras nas mais baratas.

Observações Pretensiosas de Esther
1. A mulher que tem uma lavadora de louças acaba usando talheres de plástico.
2. É muito mais fácil consertar uma usina hidrelétrica do que um ferro de passar.

Leis sobre as Chaves
1. A chave que deveria estar embaixo do vaso ao lado da porta não está lá. Você já tinha pensado que o lugar era óbvio demais. Mas onde pensou que seria impossível imaginar que ela estivesse?
2. Se você deixar as chaves de casa com um de seus filhos, é exatamente ele quem na última hora vai resolver ir dormir na casa da avó.
3. Quanto mais chaves houver em uma casa, mais vezes os membros da família ficarão presos do lado de fora por tê-las esquecido do lado de dentro.
4. Em todas as casas há uma caixa com chaves velhas. Nenhuma delas corresponde a nenhuma das fechaduras da casa.

Segunda Lei dos Materiais da Sra. Murphy
Qualquer conserto provoca um defeito em outra parte do aparelho.

Lei de Andréa sobre o Barbante Sacana
Quando você acabou de amarrar um embrulho, sempre percebe que esqueceu de colocar algo dentro do pacote.

Depois de desamarrar o pacote e colocar o que faltava dentro, você percebe que o barbante é insuficiente para o embrulho... e que não há mais barbante na casa.

Lei do Conserto
1. A diferença entre o amador e o profissional é que os profissionais são mais destemidos.
2. Uma boa porradinha é sempre o recurso usado por qualquer técnico, amador ou profissional.

Lei da Batedeira de Tia Nastácia
É mais fácil bater a massa de um bolo com uma colher de pau e lavá-la do que desmontar uma batedeira.

Lei de Míriam Leitão sobre os que Deixam Tudo para Amanhã
Aqueles que decidem não pintar as janelas de madeira serão os mesmos que terão de pagar a conta da sua substituição por novas esquadrias de alumínio.

Lei da Decadência
A decadência, como o divórcio, não é algo que só acontece com as outras.

Lei da Sra. Bonjardim sobre a Jardinagem
Se uma mãe, por razões sentimentais, planta no jardim aquele pinheiro de Natal meio morto de sua filhinha, no futuro vai precisar de uma caríssima equipe de especialistas para remover a árvore gigantesca que ameaça as estruturas de sua casa.

Regras Básicas da Horta Caseira
1. Você só percebe o quanto colocam de produtos químicos e fertilizantes nas hortaliças que vendem no su-

permercado quando começa a plantar as suas próprias em seu quintal.
2. A economia que você faz plantando suas próprias frutas em casa se esvai toda no açúcar que precisará usar para torná-las comíveis.

A Sra. Murphy Vai às Compras

Leis da D. Xepa sobre as Listas de Compras
Toda lista de compras feita com o maior cuidado sempre acaba esquecida em cima da mesa da cozinha ou na porta da geladeira. Isso só é percebido quando já se está dentro do supermercado.

Em casa, ao conferir o que há na geladeira, a lista de compras sempre parece completa.

Você checa tudo na despensa, faz uma lista completa e quando chega em casa com as compras, percebe, horrorizada, que os pequenos tinham guardado todas as caixas vazias nas prateleiras ao invés de jogá-las fora.

Quando você não deixa a lista em casa, também irá esquecer de comprar as coisas que não anotou por considerá-las óbvias demais, como papel higiênico.

Lei do Eterno Retorno
Você sempre será forçada pelas circunstâncias a voltar àquela loja onde jurou que nunca mais tornaria a pôr os pés, e sempre será atendida pelo mesmo funcionário antipático com quem teve a discussão.

Leis do Queijo
O queijo camembert caríssimo, que parecia perfeito na vitrine da delicatessen, vai se transformar num líquido pegajoso assim que chegar à mesa.

Quanto mais variedades de queijo você tiver comprado, menos comerão seus convidados.

Lei da Publicação Volátil
Se você quer comprar uma revista ou um livro, mas não tem dinheiro no momento, o vendedor diz que não há necessidade de reservar um, pois há uma grande quantidade. No dia seguinte, quando você voltar à loja, o livro ou a revista já terão se esgotado.

Lei da Sra. Trindade sobre as Etiquetas de Preço
Se um produto parece muito caro, quando for olhá-lo de perto vai ver que custa duas vezes mais do que você imaginava. E se não estiver em uma loja de roupas, saiba que será não duas, mas três vezes mais caro.

Lei de Madame Beauvoir
Aquela caneta que não funciona mais e ontem você pensou em trocar por uma nova é a única que hoje você carrega na bolsa.

Extensão de Cacilda à Lei de Madame Beauvoir
Sempre que um cartão de crédito expira e enviam um novo, quando você sai de casa leva o velho com a data vencida e deixa o válido na gaveta.

Leis de Cordélia sobre as Sacolas de Supermercado

1. Sempre que você chega em casa do mercado tão cansada que só consegue pensar em sentar e tomar um cafezinho antes de guardar as coisas, é justamente no dia em que comprou sorvete e mil outros produtos congelados.
2. Os ovos sempre escorregam até o fundo da sacola.

Lei do Vendedor Desaparecido

Se você entrou numa loja apenas para olhar, vai ser assediada por todos os vendedores. Se, no entanto, precisa comprar algo com pressa, não vai haver nenhum vendedor disponível.

Lei do Atendimento Educado

Em um supermercado, a frase "Não trabalhamos com esse produto porque não tem muita saída" equivale, em uma butique, a "Não temos para o seu tamanho, senhora".

Descoberta da Sra. Tertúlia

Se um produto tem tantos conservantes que pode ser consumido mesmo depois da data de validade, é porque tem conservantes demais.

Lei de Joana das Compras Imediatas

O chá aromático que comprou na semana passada e que adorou vai ter um preço exorbitante e gosto de cicuta da próxima vez que comprá-lo.

Lei das Ridículas Liquidações de Tapetes
Aquele tapete oriental que você comprou e era da medida exata da sua sala crescerá sempre seis centímetros de um lado, provavelmente oriundos de uma diminuição de oito centímetros a mais do outro.

Observação de Mmme. Schumacher
Se o sapato é confortável, já saiu de moda.

Segunda Observação de Mmme. Schumacher
Depois de uma certa idade, você já não está mais nem aí.

Lei de "Quem Dera a Primavera Durasse para Sempre"
Quando uma mulher entra numa loja de roupas, primeiro olha os vestidos que gostaria de usar se ainda tivesse vinte anos, depois os apropriados para a sua faixa etária e, finalmente, aqueles que cabem nela.

Lei do Anúncio Inteligente
A razão por que, num anúncio de televisão, um lençol parece novo depois de lavado é porque ele é novo.

Lei da Embalagem Capciosa
As embalagens mais bonitas e caprichadas são responsáveis por vinte por cento do preço.
Se uma embalagem diz que o produto contém "mais vitaminas", estas vitaminas adicionadas correspondem justamente à metade da quantidade de vitaminas que foram destruídas durante o processo de refinamento do produto original.
"Feito em casa" significa que foi feito em uma fábrica de fundo de quintal.

Lei das Filas no Supermercado
Se você está com pressa para comprar uns pãezinhos, todas as crianças do bairro estarão comprando doces.

Corolários da Sra. Granola
Qualquer que seja a fila que você escolha, essa fila sempre andará mais lentamente que as outras, ainda que antes parecesse que era a mais rápida. E foi justamente por esse motivo que você a escolheu em primeiro lugar.

A funcionária da caixa atendendo a fila na qual você espera impaciente sempre é:
a mais inexperiente
a mais faladeira
a que nunca consegue passar o código de barras direito pela leitora
Se a funcionária da caixa for eficiente e rápida, ela terá que trocar o rolo de papel de nota fiscal no momento exato em que chegar a sua vez.

Segunda Lei de Maria sobre as Filas
No banco, o homem que está na sua frente na fila é sempre o que resolve criar caso com o caixa.

Nos correios, é sempre o que está despachando uma aranha caranguejeira para a Chechênia.

Num supermercado, é sempre o que está comprando coisas para uma festa de cinqüenta convidados.

Outras Leis das Filas
Quando a fila é tão grande que sai do prédio, está chovendo lá fora.

Quando chega a sua vez, trocam de caixa e a nova é lerda, burra e surda.

Se você tem que passar muito tempo numa fila, atrás de você sempre haverá uma mulher com um bebê berrando e na sua frente um sujeito com uma soturna cara de marginal. A única pessoa vagamente conhecida com quem você poderia talvez ficar conversando está vinte posições na sua frente.

Leis da Comadre Marilu
Durante as piores crises econômicas aumenta e muito o número de brechós.

Quando finalmente resolve jogar fora aquele cachorro de porcelana ridículo que sua tia-avó lhe deu há milênios e você nunca teve coragem de tirar do armário, no dia seguinte vê um exatamente igual sendo vendido por uma boa grana numa loja de antiguidades.

Lamento da Vovó Mafalda
Sempre que você descobre algo interessante no porão e leva para um avaliador, este lhe diz que há uns cinco anos esse mesmo objeto poderia ter sido vendido por uma fortuna.

Lei de Letícia Sodré sobre os Bonsais
Qualquer coisa feia, inútil e vagabunda pode ser vendida em miniatura.

Lei dos Produtos Comprados em Televendas
Depois que você passa três meses brigando com a empresa de infomerciais, conseguindo a substituição do produto defeituoso e o reembolso do valor cobrado a mais no seu cartão (isso depois de ter ameaçado chamar o Procon), o mesmo produto que era "vendido apenas pela TV" aparece por dez por cento do preço no hipermercado mais perto de sua casa.

Lei de Julieta sobre os Livros
Aquele livro que você comprou em inglês pela Internet, achando que iria demorar a sair aqui, é lançado de repente em português, em todas as livrarias, pela metade do preço do importado.

Aquele livro que você comprou numa livraria, sua irmã comprou pela metade do preço numa promoção na *megastore* de um *shopping*.

Aquele livro que você comprou em edição de luxo, na semana seguinte é lançado em edição popular nas bancas.

Aquele livro que você comprou em edição popular nas bancas, você vê sendo vendido pela metade do preço no camelô.

Aquele livro que você comprou no camelô, descobre que poderia ter comprado mais barato ainda no sebo.

Lei da Sra. Tramontina sobre os Aparelhos de Jantar

Se alguma peça do seu melhor aparelho de jantar de porcelana se quebra, você nunca consegue substituí-la, pois ou aquela linha saiu de produção ou a fábrica fechou.

Golpe Final

Cinco anos depois, quando você desistiu de tentar completá-lo e finalmente substitui seu aparelho de jantar, você vê um idêntico sendo vendido por uma pechincha num brechó.

Lei Básica das Liquidações

Tudo o que se vende em saldos tem uma boa razão para estar em liquidação.

Corolário da Sra. Mappin

Você só descobrirá isso quando chegar em casa.

Situações Embaraçosas da Sra. Janota

O fundo da sacola em que a vendedora embalou com tanto capricho as suas compras vai se arrebentar no exato momento em que você passar por uma poça de lama.

Se você está com uma amiga fazendo compras num bazar de caridade e as duas começam a rir loucamente de uma peça, certamente a senhora que a doou ao bazar é a que está a seu lado.

Consolo de Zélia
Os erros cometidos nas liquidações não são tão graves quanto os cometidos nas lojas caras.

Leis da Srta. Gregoriana
Só encontram as coisas aqueles que não precisam delas.

Primeira Variação
Se você está procurando roupinhas de bebê, a mulher ao seu lado terá acabado de comprar as peças mais bonitas e mais em conta para a boneca da filha dela.

Segunda Variação
Aquela blusa de seda com uma linda renda francesa vai desaparecer misteriosamente sob seus dedos assim que você estender o braço para apanhá-la. Terá sido levada pela mesma mulher que alardeia que irá transformá-la em roupinhas de bonecas.

Regra de Gimenez
É um fato comprovado que, se não resistir ao impulso de comprar um artigo caríssimo pelo qual ficou fascinada, uma semana depois você perceberá que não valeu o que foi pago, e que ainda por cima não cai bem em você.

Leis dos Pobres
1. A pobreza não apenas dificulta o interesse pela arte. Também faz com que ela pareça absolutamente desnecessária.
2. A pobreza voluntária é divertida. A pobreza imposta é incômoda. Ninguém gosta de receber caridade.
Observação:
Todas as mulheres solteiras vivem duras.

Generalização de Marilene
Todos os vestidos das liquidações são em tamanho 36, a não ser que este por acaso seja o seu tamanho; nesse caso, serão todos, pelo menos, número 46.

O Lugar da Sra. Murphy É na Cozinha

Descoberta de Ana Maria
Os ingredientes de um autêntico prato típico de qualquer região destruirão o orçamento de qualquer pessoa que se atreva a fazê-lo fora dessa região.

Comentário Amargo de Maria Teresa
Se, por acaso, você consegue criar um prato que seja apreciado pela família inteira, nunca conseguirá fazer esse prato outra vez com o mesmo sabor.

Lei das Torradas Ecológicas
Uma criança que aprendeu a fazer torradas faz torradas.
   A sobrevivência de várias espécies de pássaros depende das torradas queimadas.

Leis da Experiência Amarga da Sra. Tony Blair
As marcas de chá mais caras são as primeiras a entupir os coadores.

Observação de D. Benta

Se, ao preparar o prato mais sofisticado, você usar os mais caros ingredientes, isso não fará diferença alguma no sabor. Se, porém, não utilizar qualquer um deles, alguém sempre perceberá a diferença. E imediatamente vai dizer isso em voz alta, para que todos escutem.

Lei de Etelvina

Se você resolver preparar um lombinho de porco caprichado, é certo que aquele amigo judeu de seu marido tão encantador (o amigo, é claro) vai aparecer para jantar.

E, é claro, um belo rosbife sangrento é a certeza da materialização repentina de um brâmane vegetariano para a refeição.

Leis do Café
1. É possível ter certeza de que uma mulher está cansada quando ela joga água fervente na cafeteira.
2. Se sua anfitriã demora demais na cozinha para ferver a água daquele cafezinho, é porque foi até a casa da vizinha buscar um pouco de pó emprestado.

Leis de Janine sobre os Desastres Culinários
Qualquer prato que você tenha preparado centenas de vezes e conquistado os mais entusiasmados aplausos de todos os que os comeram se tornará um fracasso completo no dia em que o seu chefe ou o do seu marido for o convidado para jantar.

Qualquer prato que você nunca tenha preparado antes também será um fracasso completo no dia em que o seu chefe ou o do seu marido seja o convidado para jantar.

As Três Leis do Convidado Importante
Um cozinheiro que apresenta um erro com ardente convicção consegue transformar esse erro numa criação.

Se seu convidado diz que um prato é interessante, é porque ele é um fracasso.

Os pratos pré-cozidos e congelados que, segundo os especialistas, economizam tempo são aqueles que passamos mais tempo procurando e só encontramos no fundo do freezer quando todos os convidados já se retiraram. E se por acaso são encontrados antes, levam o triplo do tempo indicado na embalagem para esquentar, só descongelam em parte e têm gosto de plástico.

O Lamento da Mme Palheta
O café fresco tem um cheiro muito melhor que seu sabor.

O café solúvel nunca tem o gosto que você imaginava.

Leis de Bernadette sobre a Comida Queimada
O que separa uma comida de ficar no ponto e ficar queimada é uma infinitesimal fração de tempo.

Um bife pode evoluir de malpassado a queimado sem passar pela etapa intermediária de "ao ponto".

A diferença entre cru e torrado é o tempo que você leva para atender uma ligação telefônica e dizer ao interlocutor que é engano.

Lei de Mme Lili sobre os Convidados Mal-Educados
É bem provável que, se você passar horas se esmerando em preparar um jantar para seus convidados, além de eles se atrasarem, mal vão tocar na comida, alegando que o carro deles quebrou e fizeram uma boquinha numa lanchonete enquanto o mecânico fazia o conserto.

Pelo menos esses não serão convidados novamente.

Lei do Marido Grosseiro
É bem provável que, se você passar horas se esmerando em preparar um prato especial para o jantar, seu marido, ao chegar em casa, alegue que comeu exatamente a mesma coisa no almoço, e você seja obrigada a colocar esse prato no freezer e preparar uns ovos fritos rapidamente.

Lei das Mães sobre Comida Intragável
A prova de que o amor de mãe é infinito é obtida quando os seus filhos resolvem preparar o café da manhã, no dia em que a mãe fica doente.

Alguém tem que se sacrificar e comer o produto da experiência culinária de filhos que estão aprendendo a cozinhar.

Uma torta de chocolate tem o poder de se transformar numa pasta asquerosa protoplásmica quando volta para casa na merendeira escolar.

Lei do Bolo
Quando se faz um bolo seguindo ao pé da letra as instruções da receita, fica uma coisa horrível; entretanto, um bolo feito às pressas, enquanto se guardam as compras e se dá banho nas crianças, fica uma delícia. Quando isso acontece, você, com toda a certeza, está de dieta.

Consolo de Karen
As crianças preferem bolos que não deram certo.

Lei de Jaqueline
É melhor um pássaro na mão do que duas dúzias congeladas (porque você se esqueceu de tirá-los do congelador).

Observação de Penélope
A mulher que sempre quebra os ovos, um por um, em uma xícara, antes de jogá-los na frigideira, um dia, por falta de tempo, vai jogá-los diretamente no fogo. Nessa ocasião

memorável, o último deles estará podre. E toda a mistura acabará no lixo.

Leis da Mamãe Hubbard

O sal, o bicarbonato de sódio e a canela, em um certo momento, acabam, apesar da crença da dona-de-casa de serem inesgotáveis. Esse descobrimento costuma acontecer quando os ingredientes para preparar um prato em que eles são fundamentais já começaram a ser misturados.

Você só percebe que era canela e não gengibre depois que os biscoitos saírem do forno, após prometer às crianças bolos de gengibre, e não de canela.

Só se descobre que um ingrediente vital está faltando quando o supermercado está fechado.

Lei da Oferta e da Procura
Uma lata enorme de sorvete no congelador dura até que seu filho tenha de ir ao supermercado comprar algo.

Lei da Sra. Mondragon
As faxineiras e empregadas adoram os freezers. Sempre recebem de presente tudo aquilo que perdeu o prazo de validade.

Lei de Suzie
A coisa mais apavorante que pode acontecer numa cozinha é encontrar um dos ingredientes mais importantes do prato que se está preparando em cima da mesa no momento em que se acaba de fechar a porta do forno.

(Esta mesma lei pode ser aplicada à manutenção do carro e à construção de móveis de bricolagem.)

Na Saúde e na Doença

Enciclopédia Resumida da Saúde Familiar da Sra. Delamare
A maioria das mulheres que pega pneumonia insistiu em fazer compras quando estava gripada.

Se houver algum acidente em casa, alguma das crianças cair doente, ou o gato morrer, há mais possibilidade de isso acontecer no dia em que o seu marido estiver viajando a negócios.

Se seu filho ficar doente, é bem provável que nessa semana tenha sido agendada alguma prova escolar importante.

Doenças infantis ocorrem em etapas. Nunca duas crianças ficam doentes ao mesmo tempo.

Leis da Doença da Vovó
Quando uma criança diz que vai vomitar, é porque vai vomitar.

Uma criança que consiga chegar heroicamente ao banheiro vai acabar vomitando fora da privada.

Regra da Vanilda sobre Ânsias de Vômito
Uma criança sempre tem ânsia de vômito quando é absolutamente impossível parar o carro.

Lei de uma Mãe sobre o Médico
Um bebê pode chegar a ficar completamente coberto por bolinhas vermelhas, mas elas sumirão no momento em que o médico tirar sua roupinha para examiná-lo.

Leis do Sexo mais Forte
Maridos caem num sono profundo de madrugada. Não ouvem quando a criança começa a tossir, nem seus gemidos, nem barulhos na cozinha, nem a água do chuveiro, nem você procurando um pijama seco, nem o ruído de trocar a roupa de cama, nem quando coloca as cobertas na máquina de lavar e pega outras limpas, nem você fervendo leite e dando beijinhos de boa-noite, nem o ruído do chuveiro, nem o forte cheiro de desinfetante. Mas, na manhã seguinte, ficam indignados porque o café da manhã atrasou.

Homens são considerados o sexo mais forte porque a eles não é exigido que limpem vômitos, sangue, poças de xixi, nem narizes de crianças. Isso é tarefa de mulher, e nem um mestrado ou doutorado a livrará desse ônus.

A Vingança da Maria Peituda
Uma mulher que for ao médico com o dedão do pé inflamado e estiver usando seu pior sutiã vai ouvir do médico que seus seios precisam ser examinados.

Lei do Diagnóstico do Médico Machista
— É a idade.
(Nesse caso, por que a outra perna está perfeitamente boa?)

Lei de Beatriz
No dia que você pegou aquela gripe braba, seu marido chegará do trabalho levemente indisposto. E vai querer que você fique cuidando dele.

Regras de Trabalho do Chefe
Todas as doenças das mulheres dependem do ciclo menstrual. Está pra chegar. Atrasou. Chegou. Ainda não foi embora. Está acabando. Finalmente acabou. Está pra chegar.
    O estado de depressão da mulher depende do dia do mês. O dos homens depende do estresse a que estejam sendo submetidos.

Aprovação da Sra. Murphy
Uma mulher vai recomendar um dentista por seus olhos azuis, sua voz, suas mãos e sua habilidade. Exatamente nessa ordem.

Observações Domésticas da Sra. Silveira
Qualquer corte, queimadura, esfoladura ou arranhão que venha a ocorrer na mão sempre ocorrerá no ponto mais propício para se agravar com as infindáveis tarefas domésticas.

Observação Simples de Qualquer Homem sobre a Saúde da Mulher
A cura para qualquer mulher que esteja doente é ficar quieta e se acalmar.

Resposta de Qualquer Mulher
Os homens têm a tendência a acreditar que seus males são interessantes e dignos de compaixão, enquanto os das mulheres são frescuras histéricas e exageradas.

Lei de Amélia
Resumo: Se uma mulher é capaz de ficar de pé, é capaz de cozinhar.

Emenda: Se uma mulher é capaz de permanecer sentada na cadeira da cozinha, é capaz de cozinhar.

Comentário: O melhor é se levantar logo e preparar o jantar antes que uma fila de gente se forme diante de sua cama perguntando como eles fazem para preparar a comida.

O Conforto da Medicina
Os remédios modernos são maravilhosos. Permitem que uma mulher com pneumonia cuide de um marido com uma simples gripe.

Leis da Manifestação Aleatória
A mulher que comprou um vestido novo para seu jantar de aniversário vai ficar com uma gripe fortíssima doze horas antes da hora combinada para a festa.

As hemorragias nasais surgem no momento mais apropriado para botar você em um aperto.

O estômago, que permanece silencioso na *Abertura 1812* de Tchaikovsky, começa a entrar em erupção durante as passagens mais suaves.

Beleza e Desgaste: a Sra. Murphy e a Lei da Gravidade

Observações de Donna Karan:
1. Cheiro de alho é mais forte que o de perfume.
2. Um lencinho com um belo laço em torno do pescoço pode estar escondendo uma grande papada.
3. Aquela arrebatadora fragrância de Paris que você sentia em sua amiga em você parecerá inseticida.

Leis de Diana sobre os Desastres no Vestuário
1. Se aparece algum compromisso inesperado, o seu único vestido decente está pendurado no varal, pingando.
2. O motivo pelo qual você estava tão confortável a noite toda era que seu zíper estava aberto.
3. Se uma mulher anda pela rua com as mãos nos bolsos, é porque está segurando as calcinhas.
4. Nenhuma mulher descobre que seu rímel escorreu antes de chegar em casa e se olhar no espelho do banheiro quando vai escovar os dentes para dormir.

5. Os buracos na sola das suas meias sempre dão um jeito de conseguir sair à luz do dia.
6. Um broche na gola sempre significa a falta de um botão.
7. A noite mais maravilhosa da sua vida pode se transformar num desastre no momento em que você descobre que saiu com sapatos de pares diferentes.
8. Se perceber que todo mundo está olhando para você com um sorriso, provavelmente é porque um dos seus cílios postiços caiu.

Lei de Patrícia da Lingerie Provocante
As únicas vezes que uma mulher veste sua melhor roupa íntima é quando vai se encontrar com o namorado. Ou quando vai ao médico. Se ao menos eles soubessem disso...

Lamentos de Bete Baleia
1. Uma torta de chocolate nunca é tão gostosa como você pensava.
2. Mulheres gordas preferem tomar banho de chuveiro em vez de banheira, porque assim não precisam ficar olhando para suas barrigas.
3. Cabines espelhadas das lojas mostram o que o seu espelho do banheiro esconde.

Leis da Dieta
1. Se você elimina as gorduras da sua alimentação, vai abusar dos carboidratos e acabará engordando ainda mais.
2. É possível engordar muito com alimentos *diet*.
3. A dieta que garante a boa forma é a mesma que causa gases.

Lei do Beautiful People
O *Beautiful people* só está interessado no *Beatiful people*. Mas mesmo que os membros do *Beautiful people* mudem constantemente, você nunca será um deles.

Lei dos Fracassos no Salão de Cabeleireiro
1. Aquele corte de cabelo que custou uma fortuna aos olhos dos outros parecerá uma peruca.

2. O estilo de cabelo curto que, segundo o cabeleireiro, rejuvenesceria você vários anos deixa seus cabelos brancos ainda mais visíveis.

Comentário de Rudiney
Os cabeleireiros sempre pensam que sua expressão de horror é uma expressão de êxtase.

Segundo Comentário de Rudiney
A senhora sempre teve um cabelo muito difícil.

Primeira Regra do Salão
Nenhum cabeleireiro acredita que suas clientes sabem o que querem.

O resultado são milhões de mulheres armadas com tesourinhas de unha chorando sozinhas diante do espelho do banheiro.

Lei da Barriga Proeminente
1. Juventude é o período da vida em que a barriga e o estômago estão em regiões diferentes do corpo.
2. Chega um dia em que somente você é capaz de dizer quando está puxando sua barriga para dentro.

Lamentos de Ruth
1. Chega uma hora em que apenas você pode afirmar que passaram um braço em torno de sua cintura.
2. Chega outro momento, entretanto, em que os homens só passam o braço em volta da sua cintura por cortesia.

3. Para um homem de qualquer idade, uma mulher de quarenta é uma coroa.

Lei da Pré-Terceira Idade
Um homem é tão velho quanto ele se sente.
　　Uma mulher tem a idade que parece ter.

Lamento de Gerusa
Uma mulher bem conservada é simplesmente isso.

Corolários
1. Batom aplicado por cima do contorno dos lábios para dar um aspecto mais jovem é, simplesmente, batom aplicado por cima do contorno dos lábios para dar um aspecto mais jovem.
2. Esteticistas não podem prometer a juventude, apenas dar um jeito de maquiar os pés-de-galinha.
3. Quanto maior tiver sido o trabalho do cirurgião plástico para deixá-la com aparência mais jovem, mais velha as pessoas pensarão que você é.
4. Com a maquiagem apropriada e horas de delicado labor, você deixará de ser uma velha para ser uma velha rejuvenescida.
5. A maquiagem e o bisturi podem fazer maravilhas no seu rosto, mas suas mãos sempre continuarão sendo mãos de vovozinha.
6. Uma senhora de oitenta anos extremamente bem conservada é tratada com o mesmo respeito que uma múmia que acabou de ser descoberta.

Leis da Rainha da Beleza Mumificada
1. Os preços das funerárias são tão altos que muitas velhas se embalsamam vinte anos antes de morrer só para economizar.
2. Só um especialista pode distinguir uma velha milionária de outra. Todas vão ao mesmo médico para fazer cirurgia plástica estética.
3. Hoje em dia, morrer com noventa e cinco anos é mais uma prova da incompetência do seu médico de dietas.

A Juventude da Sra. Murphy

Leis das Espinhas de Patricinha Monteiro
1. Para uma adolescente, a maior expressão da Lei de Murphy é a espinha.

2. Vai estrear seu novo vestido de grife? Seu namorado novo vai te apanhar em casa na BMW dele para vocês saírem para dançar? É exatamente nesse momento que aparece... a espinha!
3. Durante o dia inteiro, a espinha esteve adormecida, parecia apenas uma manchinha rosada. Mas eis que de repente, a meia hora do encontro, ela faz sua aparição triunfal, latejando pulsátil como um vibrador, brilhante, de um amarelo purulento espetacular. E nada no mundo é capaz de camuflá-la.

A Lei Segundo Tia Eulália
Se a espinha não der cabo de você, a menstruação dará.

Lei da Visita Mensal
A menstruação sempre vem perto de um grande momento de sua vida: aquela festa com a qual você está sonhando há meses, a sua primeira noite, o fim de semana com um namorado que estava viajando há seis meses, o dia de seu casamento...

Réplica de Tia Eulália
Existe, é claro, outra alternativa: que a menstruação não venha. Isso costuma acontecer em momentos nos quais precisa de toda a sua concentração, inteligência e confiança em você mesma para resolver outros assuntos vitais. É possível reconhecer uma garota que está sob esse transe porque tem uma expressão semelhante à de Joana D'Arc quando escutava as vozes divinas, e por sua incapacidade de fazer sequer a quarta parte do que deveria fazer.

Lei de Cinderela
Os únicos sapatos realmente confortáveis são os que foram concebidos para pessoas com seis dedos nos pés.

Lei de Poliana sobre o Caminho do Inferno
Quando aquela simpática senhora pára você na rua para pedir que ponha no correio uma carta de vital importância, você sente uma grande satisfação. Uma semana depois, você encontra a carta na sua bolsa.

Lei da TV
Nunca programam shows de rock na TV, a não ser no dia em que outro canal vai exibir um jogo que seu pai quer ver.

Leis de Britney Spears sobre as Noitadas
1. Se você passa uma noite falando sobre sua vida amorosa com uma outra garota que acabou de conhecer, ela será uma freira.
2. Se pedir uma bebida que pareça ser sofisticada, vai passar a meia hora seguinte procurando um sal de frutas.

Lei de Rê sobre a Viciada Deprimida
O vício em compras é uma das principais causas da anorexia nervosa. Aos dezesseis anos, ao sair de qualquer loja de roupas, é impossível não se sentir velha, gorda e monstruosa.

Lei de Tina Tímida sobre a Moda
Você está parecendo uma senhora de meia-idade. Então você tinge seu cabelo de verde e corta-o no estilo moicano. Coloca seis pares de brincos e passa batom preto.

Você agora parece uma senhora de meia-idade com cabelo tingido de verde e cortado no estilo moicano, com lábios pretos.

Aberração da Sra. Abelarda
Assim que você consegue juntar a grana para cortar e pintar seu cabelo de verde, com mechas cor-de-rosa, recebe uma proposta irrecusável de trabalho. Com uma única exigência: aparência convencional.

Advertência de Juliana sobre o Tempo
Ao sair do cabeleireiro com aquele penteado que levou horas para ficar pronto, você será pega por um terrível temporal. E, é claro, não terá levado guarda-chuva.

Paranóias de Ida Morgado sobre a Moda
1. A Lei de Murphy faz com que você fique extremamente irritada quando experimenta roupas em lojas.
2. Se é uma sala aberta onde várias mulheres experimentam roupas ao mesmo tempo, estará cheia de lindas garotas bronzeadas, ou sílfides mulheres esguias que ficam ótimas em qualquer roupa que experimentem.
3. Se é uma cabine privativa, no momento exato em que você prendeu o cabelo no fecho da camisa, enganchou sua calcinha no zíper da calça e está toda enrolada tentando se soltar, ou acabou de colocar ambas as pernas

num mesmo lado da calça, ou simplesmente está de pé vestindo apenas aquela sua roupa íntima que já deveria ter ido pro lixo há muito tempo... nesse exato instante uma mulher elegante e bem-vestida vai entreabrir as cortinas da cabine e dizer: "Está precisando de ajuda, madame?"

Lei da Roupa Cara
Ficar elegantemente mal-vestida custa caro.

Descoberta de Madonna
Se criar uma imagem inusitada, será muito popular.

Leis Punk de Siouxie Sioux
1. O principal problema de ser punk é que as pessoas de sua vizinhança sabem quem você é e sempre perguntam pela sua avó.
2. Você é punk. Ninguém precisa saber que, durante o dia, trabalha como secretária executiva.

Lei do Pé no Chão
1. É difícil ter um aspecto punk convincente quando se está grávida de oito meses.
2. O pior em ser jovem e rebelde é que, no âmago de seu ser, você sabe que vai acabar em um apartamento minúsculo, trocando fraldas e empurrando um carrinho de bebê.

Morando sozinha: a Jovem Sra. Murphy Sai de Casa

Lei Fundamental de Sair de Casa
Toda a mulher que achava estar dando muito dinheiro à sua mãe para ajudar nas despesas da casa cedo ou tarde percebe que não estava.

Leis do Alojamento Universitário
1. A inspetora do alojamento sempre vai estar fazendo a ronda justo no momento em que você, atrasadíssima, tenta entrar pela janela para não ser vista por ninguém.
2. A inspetora mais simpática, que não reclama de nada em seu comportamento, é a mesma que vai ler escondida toda a sua correspondência e revirar sua gaveta de calcinhas.
3. A inspetora antipática vai visitá-la em seu quarto com um bolo de laranja que acabou de preparar justo no dia em que você resolveu levar um rapaz para passar a noite com você.

Lei dos Condomínios

1. Se o síndico é um histérico que odeia bichos, é certo que uma gata vira-lata vai entrar em sua casa (a sua, não a dele) para ter uma ninhada de seis filhotes bem em cima da cama.

Leis da Casa Alugada

1. Você passa seis meses reclamando com o senhorio de que há um problema com o gás em sua cozinha. Quando ele finalmente aparece para ver o problema, tudo funciona perfeitamente. No dia seguinte o gás explode e deixa você sem um pêlo sequer nas sobrancelhas.

2. Pedir algo ao senhorio é uma faca de dois gumes. Você pode conseguir um novo aquecedor de água. E, também, um pedido para procurar outro lugar para morar.

Experiência de Angela Forbes Wilson

1. A Lei de Murphy garante que o inquilino para quem você resolveu alugar o apartamento depois de entrevistar quinze candidatos é o único para quem você jamais deveria tê-lo feito.
2. Murphy também garante que sempre que se divide um apartamento, uma pessoa tem mania de limpeza enquanto a outra é absolutamente relaxada.

Observação de Drew Barrymore sobre as Companheiras de Quarto

Quando duas amigas racham um apartamento e precisam arranjar uma terceira para ajudar na despesa, a terceira colega, que parecia ser um presente do céu, revela-se uma emissária do inferno. A menos que a terceira colega seja você, nesse caso as emissárias do inferno são as outras duas.

Lei da Mme Limpeza

Seu grande sonho era rachar o apartamento com uma colega arrumada e limpa.

Agora, toda a comida tem gosto de detergente.

Lei das Altas Horas

Sua colega de quarto que sofre de insônia estará dormindo como uma pedra no dia em que você esquecer as chaves.

Ajuste de Contas de Teresa

Você achava que o cara que comeu todos os canapês de lagosta da geladeira era amigo de sua companheira de apartamento. Ela jurava que era seu.

Lamento de Virgínia
Sua virtude permanecerá intacta, infelizmente, durante muito tempo porque sua companheira de apartamento perdeu a dela faz tempo e sempre deixa você na rua, até duas da manhã, para ter privacidade para ficar se agarrando para valer com um rapaz novo a cada dia.

Lei de Kátia sobre o Combate Singular
Quando tiver conseguido explicar à sua amiga com quem divide um apartamento que ela deve desaparecer quando você receber um homem, o primeiro sujeito que levar para casa será um maníaco pervertido, que vai tentar agarrá-la à força. Depois de muita resistência e de alguma violência, de finalmente conseguir expulsá-lo de sua casa, fechar a porta e se encostar contra a parede em um suspiro aliviado, despenteada e amarfanhada pela refrega, sua amiga chegará em casa com um sorriso e dirá a você: "Nossa, que inveja. Você anda se divertindo de verdade, hein?"

Lei do Três É Demais
Naquela noite, você finalmente o convida para tomar um capuccino na sua casa. Já tinha combinado com sua colega que fosse se deitar cedo. Ela, porém, ainda está na sala quando vocês chegam e não se recolhe para o quarto porque seria muita bandeira. Aí vocês três passarão a madrugada toda conversando sobre política.

A Surpresa Desagradável de Isabelinha
Se resolver enterrar o machado de guerra e preparar um café da manhã para sua amiga, ao acordá-la vai descobrir

que aquele garoto por quem você é apaixonada e que tinha pego seu telefone está dormindo com ela.

Observação de Priscila sobre os Acordos Prévios

Se você convidá-lo para tomar um capuccino, sua colega terá esquecido de comprar. Se você procura aquela garrafa de vinho, perceberá que ela a usou para preparar um bife de panela para o namorado; a prova disso são os pratos por lavar na pia e os arrotos que vêm do quarto dela.

Sempre sai um pão com ovo no botequim da esquina.

Primeira Advertência de Flavinha

Se você racha o apartamento com uma bióloga, nunca coma nada que encontrar na geladeira.

Segunda Advertência de Flavinha
Uma colega de quarto vegetariana é capaz de fazer você ficar com remorsos de comer um simples pedaço de bife.

Lei de Maria Helena
A sua colega é incapaz de ler aqueles bilhetes desesperados que dizem: "Urgente! Não esquecer de comprar pasta de dentes."

Lei de Gisela
Se você compra alguma coisa especial para fazer um agrado à sua colega que está doente e sem apetite, ao chegar em casa encontra um bilhete avisando que ela foi comer algo na lanchonete da esquina.

Lei de Ava Arenta
Se você conseguiu economizar o suficiente para poder chegar ao fim da semana, haverá uma vaquinha no escritório para ajudar alguém a bancar o enterro da avó ou algum outro motivo urgente.

Lei de D. Nenê das Surpresas Desagradáveis
Alguém sempre perde um documento importante bem no dia em que você resolveu dar uma limpeza geral no apartamento. E, é claro, vão jogar toda a culpa em você.

Na verdade, o documento está no fundo da gaveta de calcinhas da sua colega de quarto, mas, quando encontrarem o papel, vocês já terão brigado e ele não terá mais importância alguma.

Confirmação de Elizabeth
Sempre que você estiver lavando os pés, alguém baterá na porta.

Lei da Oferta e da Procura da Garota Solteira que Mora Sozinha
1. Aquele objeto que parecia tão interessante embaixo do sofá era apenas um botão, não uma moeda de R$0,50 para inteirar o maço de cigarros.
2. Sempre que ficar sem comida, todos os mercados que aceitam seu cartão de crédito num raio de vinte quilômetros estarão fechados.
3. Os guardas de trânsito seguem estritamente a Lei de Murphy. Sempre aparecem quando seu cano de descarga, que estava remendado com durepóxi, estoura e começa a soltar uma nuvem de fumaça preta. No entanto, tornam-se completamente invisíveis quando um *playboy* emergente, lutador de jiu-jítsu e completamente bêbado, ameaça você com uma arma por ter arranhado a Pajero dele.

Lei "A Casa de Uma Mulher É Seu Castelo"
A primeira vez que você convida seu namorado novo para entrar, no instante seguinte vai se lembrar que antes de sair tinha cortado as unhas dos pés na sala.

Leis de Mary Help
1. Seus amigos só aparecem na sua casa te chamando para sair no dia em que você está indisposta e já tinha até tomado um remédio para dormir.

2. Amigos que aparecem de repente não encontrarão nada mais que uma cerveja choca, bolo dormido e um pacote de biscoitos moles.

3. Mães sempre aparecem de surpresa no dia seguinte àquele em que você deu uma festa, sem que você tenha tido tempo de arrumar os corpos.

Vingança da Mãe

Mesmo sua mãe sabendo que você está morando junto com um carinha há dois anos, ela os colocará em quartos separados quando vocês forem passar o Natal na casa dela.

A Sra. Murphy Vai Trabalhar

Lei da Sincronia da Chuva
Sempre começa a chover de repente naquele dia em que você se arrumou toda para uma entrevista de emprego.

Corolários
1. Se você encontra uma vaga para estacionar na frente do prédio, a entrevista será realizada no anexo, a dois quarteirões de distância.
2. Sempre leve para uma entrevista sua gaveta de calcinhas. É sempre lá que ficaram guardados todos os seus documentos e referências pessoais.
3. Um chefe não contrata uma secretária pelo que ela sabe fazer, e sim pelo que pensa que ela sabe fazer.
4. Se você chegar na entrevista e perceber que calçou um sapato de cada cor, não se preocupe. Você tem um par idêntico em casa.

Lei da Desigualdade no Trabalho
1. Não importa a eficiência e competência dos empregados mais antigos. Os chefes continuarão a julgar

todas as mulheres apenas pelo tempo que passam no toalete.
2. Chefes são elogiados pela exatidão dos relatórios que suas secretárias redigem para eles. Se a verdade vem à tona, são elogiados por terem uma equipe tão competente. Os relatórios malfeitos, por sua vez, são atribuídos à incapacidade das secretárias de proporcionarem aos chefes dados adequados.

Corolários de Lady Murphy para a Lei da Desigualdade no Trabalho

1. A maioria dos marginais detestam ser presos por uma policial mulher, baixinha e bonita.
2. Todo mundo fica espantado quando uma jovem advogada consegue a liberdade de seus clientes.
3. Pintoras que retratam nus masculinos são olhadas com desconfiança.
4. Se você escreveu, pintou, esculpiu, compôs ou desenhou alguma obra com competência profissional e eficiência, o maior elogio que poderá receber será a pessoa dizer que não tinha a menor idéia de que o trabalho tivesse sido feito por uma mulher.

Advertência de L.M.

Nunca fique sozinha no escritório com o homem que tem santinhos na mesa.

Réplica Final de Sheila: a Lei Estrutural da Hierarquia

A mulher que faz o cafezinho é a pessoa mais importante do escritório.

Advertência contra o Chefe Abusado
Quando o chefe tomar umas e outras na festa do escritório e ficar todo assanhado, não deixe, de jeito nenhum, que um fio de suas meias fique preso na roupa dele.

Lei de D. Encrenca
A esposa do chefe tem a mesma personalidade que um sinal de trânsito quando está vermelho.

Antigo Ditado
Por trás de cada chefe sempre há uma mulher capacitada

Corolário dos Anos Noventa
Embaixo de cada chefe há sempre uma loura burra.

Lei de Lora
Qualquer garota no escritório que seja loura, use salto alto, tenha peitos com manequim maior que 42, precise subir numa cadeira para pegar uma pasta e cumprimente os colegas nos corredores está, na opinião de todos os homens, *louca para dar*.

Lei de Melissa sobre os Trastes
Não importa quão inteligente, brilhante e eficiente seja uma mulher, nem a experiência que ela tenha. Se já passou dos quarenta, é um traste velho.

Lei da Compensação de Melissa
Toda mulher de mais de quarenta anos que seja inteligente, brilhante, eficiente e experiente é promovida.

Leis de Monica Lewinsky
1. Aquela que trata o chefe pelos mesmos termos com que o chefe a trata ("Meu amor", "Coisinha linda", "Coração") está procurando problemas.
2. A mulher que reclama quando leva um tapinha no bumbum vai acabar tachada de sapatão, feminista radical ou politicamente correta.
3. A frase "Eu estava apenas tentando ser amável" tanto pode referir-se a um tapinha no bumbum quanto a uma tentativa de estupro na sala do arquivo morto no subsolo.

Leis Básicas da Mulher Executiva
1. Por mais qualificações, inteligência e experiência que tenha, uma mulher de negócios é sempre considerada

um risco, porque sempre terá a mente ocupada com suas preocupações pessoais (mas os homens também não têm preocupações pessoais?).
2. Se a mulher executiva chega a um alto posto, todo mundo ficará observando atentamente seus filhos, para ver se mostram sinais de delinqüência.
3. O senso comum diz que qualquer mulher executiva domina seu marido.

Outras Leis da Mulher Executiva
Homens não gostam de mulheres com terninho e maleta de executivo.
Homens não gostam de mulheres que não levam o trabalho delas a sério.

Solução de Cássia
A única maneira realmente eficaz e convincente que uma mulher tem para apresentar um projeto de engenharia é vestir roupas masculinas e usar um bigode postiço.

Mais Leis da Mulher Executiva
Os homens admiram mulheres que são inteligentes, independentes e desembaraçadas, inclusive acham que elas devem ser promovidas. Isso porque eles não gostam de trabalhar junto com mulheres inteligentes, independentes e desembaraçadas.

Leis de Margaret Thatcher sobre a Promoção da Mulher
1. Qualquer tentativa de uma mulher para acabar com a falta de cortesia, a ineficiência ou qualquer outro pro-

blema é ridicularizada pelos responsáveis pelo problema. Que dizem que ela reclama demais porque está mal amada.
2. Duas mulheres que estão conversando estão fofocando. Dois homens que estão conversando estão resolvendo algum problema sério.
3. Um homem que passa uma boa parte do dia de trabalho em bares e restaurantes está fazendo contatos valiosíssimos. Uma mulher que passa em casa na hora do almoço para ver como os filhos estão simplesmente não leva a sério o trabalho.

Leis Rapidinhas para Executivas de Alto Nível
1. Se você é a única mulher na equipe, então é por sua culpa que está faltando café.
2. Todos os homens se assustam e ficam atônitos quando ouvem uma mulher dizer que não sabe fazer café.
3. Se ninguém tem tempo para fazer o café, sempre vão pedir à primeira mulher que estiver passando que o faça. Tenha ela o cargo que tiver.
4. A única forma de evitar fazer essas tarefas é jamais aprender a fazê-las.

Lei de Nossa Senhora da Penha
O tamanho da escada é diretamente proporcional à importância da transação.

Regra de Márcia
Se dizem a uma mulher que seu trabalho é indispensável, está subentendido que ela vai ganhar uma miséria.

Leis da Jovem Desiludida
1. Trabalhar em um escritório incrível é simplesmente trabalhar em um escritório.
2. Nunca olhe para seu trabalho com muita atenção. Se olhar demais, sempre vai perceber que é absolutamente inútil.
3. "Estou trabalhando com publicidade" significa, provavelmente, que passa horas diante de um monitor de computador em uma baia apertada numa sala de fumantes nos fundos do 12º andar com um chefe *workaholic* e obcecado por comida.
4. "Estou trabalhando com Internet" significa que está desempregada.

Definição de Secretária de Deise
Uma "secretária" é uma pessoa que pega os documentos importantes, organiza-os todos, entra em contato com outras empresas, agenda entrevistas, reuniões e conferências, toma notas, releva insultos, passa sempre uma borracha nas coisas para chegar a um acordo, persegue e convence os clientes indecisos, digita e redige o contrato final. E, em seguida, felicita o chefe pelo negócio bem-sucedido.

Lei de Cileide sobre Erro e Acerto
Quando você erra, o chefe não perdoa nem esquece.
 Quando você acerta, seu chefe ficará com o crédito.

Lei da Secretária que Chegou Atrasada
Se você diz ao chefe que se atrasou porque o ônibus bateu ou foi assaltado, no dia seguinte o ônibus baterá ou será assaltado.

Corolários
1. Os ônibus que o chefe pega nunca batem ou são assaltados.
2. A única vez que você tiver uma desculpa legítima, esta será tão inacreditável que nem vale a pena contar.

Lamentos de Creuza
1. A pasta que você acha que precisa sempre está guardada no fundo de um arquivo no subsolo. Encontrá-la é trabalho para intermináveis horas de procura que jamais serão recuperadas. Quando finalmente você a tem em suas mãos, vai ver que não era a pasta de que precisava.
2. O mesmo chefe que mandá-la a um escritório no 14º andar para pegar um documento importante com uma secretária estúpida e mal-educada é o mesmo que, quando você chegar de volta, vai perguntar, enfurecido, onde você tinha se enfiado por tanto tempo.

Leis Básicas da Digitação
1. A carta mais importante é sempre a que tem mais erros de digitação.
2. Servir cafezinho conta mais pontos que ser boa digitadora.

Lei do Ditado
Se não escutar a fita até o final, seu chefe terá feito modificações no penúltimo parágrafo da apresentação. Se escutar, vai levar dois dias para terminar de transcrever o texto. E ele não terá sequer uma alteração.

Lei da Sra. Gates
Geralmente os computadores dão pau sempre em dias de muito trabalho ou sexta-feira de tarde.

Corolário
Geralmente as secretárias passam mal em dias de muito trabalho ou às sextas de tarde.

Lei de Vânia
A secretária que em vez de almoçar fora resolveu comer um sanduíche no escritório vai ser a única disponível para fazer um serviço urgente que apareceu na hora do almoço.

Leis das Cartas
A carta que o chefe exige que seja refeita é sempre a última carta do dia.

Esta carta é sempre a maior.

Esta carta é sempre a mais urgente.

A carta mais urgente é colocada no envelope errado, ou mandada por e-mail para o destinatário errado.

Se a carta deve ser mandada pelo correio, os selos do escritório acabaram.

Se a carta é para ser mandada por e-mail, o provedor está fora do ar.

Lei da Encomenda
Quando terminar de embalar aquele pacote importante, com quilômetros de fita adesiva e uma perícia de cirurgião para que coubesse no envelope sem rasgar, seu chefe vai mudar de idéia e mandará enviar tudo por uma empresa de *courier*, que só aceita encomendas em sua própria embalagem padronizada.

Sra. Murphy Apaixonada

Observação Básica de Penélope
A diferença entre romance e realidade é a indigestão.

Comentário Objetivo de Olive
A Lei de Murphy garante que um dia, quando o ambiente estiver à meia-luz e a sua respiração ofegante, ele verá a cena com a mesma indiferente incompreensão curiosa de um habitante de Marte. Sua imbecilidade intrínseca cortará toda a onda, deixando-a fria como uma pedra. Para assombro do cavalheiro em questão.

Comentário Prático de Paloma
Nenhum grande romance sobrevive a um pum soltado fora de hora.

Lei da Cafonice de Samanta
Se por milagre consegue convencê-lo a dar uma volta no shopping com você, ele vai fazer comentários jocosos sobre a breguice de certos objetos à venda nas lojas. Por

acaso, o que ele achar mais ridículo é o que você comprou na véspera para usar em casa (algo como um quadrinho de madeira entalhado a mão com as palavras "eu te amo" e o nome dele).

Lei de Diana sobre os Namoros Virtuais
Se você põe sapatos com salto de doze centímetros quando for conhecer pessoalmente seu namorado virtual, ele medirá um metro e sessenta.

Lei de Monique de "Olhe Antes de Pular"
Quando você finalmente manda a sua senhoria chata enfiar o apartamento dela naquele lugar e se muda feliz para a casa do seu namorado, descobre apavorada que ele nunca havia contado a você que tinha um hobby: a criação experimental de répteis repulsivos.

Lei de Fernanda sobre o Homem Maravilhoso
Se algum dia encontrá-lo, será incrivelmente bonito. Com uma inteligência cativante. Criativo, sedutor, bem-humorado e sofisticado. Você nem pensará duas vezes em aceitar aquele convite para ir tomar um último copo de vinho na casa dele. Só para chegar lá e descobrir que, no fundo, não sente o menor tesão pelo sujeito.

Leis da Srta. Graça sobre o Príncipe Encantado
1. Se ele é encantador, sofisticado e bonito, terá algum hobby secreto como colecionar aranhas ou livros nazistas. Ou livros sobre aranhas nazistas.
2. Ele é bonito. Ele é simpático. Ele é gentil. Ele é inteligente. Ele é gay.
3. Você passou a noite inteira se esquivando. Ele é baixinho, barrigudo e sem o menor charme. Mas você começa a conversar com ele enquanto espera que seus amigos se despeçam de todos para levá-la em casa. Aí descobre que ele é o cara mais divertido e cativante que já conheceu.
   E você nunca mais vê esse sujeito outra vez.

Adendo de Penélope
Mulheres existem para manter limpos os equipamentos esportivos dos homens.

Leis do Grande Amor Perdido
1. O homem que mais encantou você na festa está se mudando definitivamente para a Austrália. Em três horas.
2. O homem cujos olhos se cruzam com o seu com uma química instantânea está sempre na plataforma oposta da estação de metrô.
3. Se você planejou passar um mês de férias com seu namorado, vai conhecer o homem de sua vida na véspera da viagem.

Provérbio de Cileide
Um namorado sempre obtém sucesso profissional, fica rico ou famoso depois que você o largou porque era um pé-rapado.

Lei de Kátia sobre os Desencontros nos Relacionamentos
1. Se você está de roupão, com bóbis na cabeça, ainda não tomou banho e está na mesa do café ao meio-dia, aquele cara que você pensava que estava no Japão vai aparecer de surpresa.
2. Se você passa o dia inteiro preparando um sofisticado prato de culinária francesa para impressionar os pais do seu namorado, estes terão acabado de se tornar vegetarianos, e você não vai ter nem um pedaço de queijo ou tomate na casa.
3. Se vocês pegam sessenta quilômetros de estrada para jantar no restaurante mais romântico que você conhece, ele terá virado um botequim.
4. No dia em que passar a tarde inteira arrumando as velas e reorganizando os móveis, colocar o vinho para gelar

e se arrumar inteirinha, como uma princesa, ele vai entrar pela porta mal-humorado e resmungando: "Que dia horroroso no escritório! Estou um caco!", passará por você sem sequer um beijo e ligará imediatamente a televisão.

A Sra. Murphy, a Sexualidade e a Dor de Cabeça

Lei Básica de Martha sobre a Sexualidade
O *Homo sapiens* gosta de tornar tudo mais difícil ao abrir embalagens plásticas de alimentos, estrear um rolo de papel higiênico, cortar papel-alumínio tentando não se machucar e... quando faz sexo.

Eufemismo da Sra. Dasdô
"Estou com dor de cabeça" é um eufemismo para "você está com bafo de cerveja".

Lei de Dona Conegundes sobre a Discriminação Imortal
Um homem de mais sessenta anos pode ser um sedutor incorrigível. Uma mulher da mesma idade vai ser sempre chamada de velha tarada.

Lamento da Srta. Felisberta
Numa festa, os únicos homens interessantes são homossexuais ou padres. Ou casados e muito felizes com suas esposas.

Observações da Srta. Hite sobre a Sexualidade
Sexo dá prazer, não custa nada e não tem efeitos colaterais. Para o homem.

A coisa que um homem mais detesta em uma mulher é quando ela fica dando risadinhas o tempo todo.

Os primatas superiores desenvolveram o método de procriação mais desajeitado do universo. E nem toneladas de poesia são capazes de mudar essa condição.

Contratempos da Noite Perdida
Uma noite romântica nem sempre é garantia de sucesso.
1. Você está bem à vontade, inebriada pelo vinho, e senta com ele diante da lareira... bem em cima de uma chapinha de garrafa de cerveja.
2. Você nem se ligou e vestiu um jeans daqueles que só saem a fórceps.
3. Ele está com uma cueca ridícula e fora de moda.
4. Ele esqueceu de fazer a barba. Novamente.
5. Uma brasa do cigarro dele cai bem em cima da sua bunda. Novamente.

Lei da Sexualidade das Donas-de-Casa
Um dos maiores exemplos da Lei de Murphy é quando você está quase chegando ao orgasmo e de repente se lembra de que esqueceu alguma panela no fogo.

Leis das aeromoças sobre Romances com Estrangeiros

Um argentino amará você mais do que todas as coisas, com apenas uma exceção.

Ele próprio.

Um árabe vai amá-la para sempre.

A você e às outras oito esposas dele.

Um alemão vai idolatrá-la enquanto você não'o contradisser.

Nesse caso, adeus Lili Marlene.

Para um italiano, você será a mulher mais importante de sua vida.

Depois da *mamma*, claro.

O marido japonês tem apenas um problema.

Você sempre vai se lembrar com saudade de uma parte especial de seu ex-namorado.

Lei de Cristiane F.
Não muito tempo atrás, as mulheres ficavam com sentimento de culpa depois que iam para a cama com algum homem. Agora elas ficam com sentimento de culpa se não foram.

Complemento da Lei de Cristiane F.
Não chegar ao orgasmo é mais um item para aumentar o sentimento de culpa da mulher.

Complemento ao Complemento da Lei de Cristiane F.
Para não falar no caso do homem não chegar ao orgasmo.

Recapitulação de Emmanuele
A sexualidade é algo que todos gostam — ou não gostam — de exercitar até que lhes dizem que estão fazendo-o mal. Ou então sem a freqüência necessária.

Leis da Realidade da Sra. de Santana
1. Uma mulher que chora depois de fazer amor pode ser muito bem uma mulher que está rindo de si mesma.
2. A sexualidade é simplesmente uma função biológica que evoluiu para a conservação da espécie, e não o contrário.

3. Relação sexual é o que se pratica quando não há nada que preste na TV.
4. A pior coisa do mundo é um homem que tenta excitar suas zonas erógenas com um manual na mão.

A Sra. Murphy e os Homens Machistas

Primeira Lei de Rita
A natureza é machista.

Semelhança entre Homens e Mulheres
Homens ficam suados, sujos e cansados praticando esportes.
Mulheres ficam suadas, sujas e cansadas fazendo as compras do mês no supermercado.

Verdade Fundamental
Apenas os homens ficam resfriados. As mulheres, no máximo, indispostas e com uma irritação na garganta.

Queixa da Sra. Colombo
Um homem desleixado é tranqüilo, relaxado, uma boa companhia, sedutor e muito interessante.
Uma mulher desleixada é um traste.

Lei da Sra. Street sobre o Machismo Intelectual
Os homens que mais lutam pelos direitos humanos jamais cedem o assento a uma mulher gorda que entre no ônibus.

Leis de Lady Murphy sobre a Sujeira
Homens não são machos o suficiente para limpar poças de vômito.

Corolário
Mas são capazes de mostrar onde estão, para que você possa limpá-las.

Desculpa que dão:
"Sinto muito, querida, mas..."

Comentário Final
Homens pedem licença no trabalho quando estão doentes.

Lei Antinuclear da Sra. Einstein
Qualquer mulher preocupada em tentar evitar a destruição do planeta é uma irresponsável e, ainda por cima, lésbica.

Lei de Marlene Dietrich
Mulheres precisam dos homens para que as ajudem a planejar as coisas. Homens precisam das mulheres para que consertem seus planejamentos.

Variantes de "O Lugar da Mulher É..."

Um homem refestelado numa poltrona está recarregando suas baterias.

Uma mulher refestelada numa poltrona está descuidando de suas obrigações.

Corolário

Uma mulher que não faz nada é uma mulher com complexo de culpa.

Observação Arquitetônica da Sra. Le Corbusier

Somente um homem poderia ter projetado as "máquinas de viver" criadas por Le Corbusier ou a urbanização de Brasília.

Somente um homem poderia tê-las construído.

As mulheres são as que têm ataques de nervos por serem obrigadas a viver nesses lugares.

Observações da Sra. Mendonça sobre o Desenho Industrial

Homens são os que mais usam o desenho industrial para construções não-funcionais.

Eles inventaram casas sem espaço para uma tábua de passar, lojas com mais de um andar sem elevadores ou escadas rolantes, postos sem rampas para cadeiras de rodas, edifícios tão altos que todos os que vivem neles ficam loucos, carros de supermercado com rodas que não rodam, telefones mal colocados que se espatifam no chão quando você tenta pegar um com uma criança no colo, panelas que não funcionam direito e armários de cozinha tão altos que não se consegue abri-los sem o auxílio de uma escadinha.

Lei da Esposa Convencida

Todo homem crê que a ereção é algo relacionado ao instinto.

Mas o instinto é anterior.

Grunhido da Radiopatroa

Todo marido vaidoso, que passe horas penteando o cabelo e ajeitando a roupa para que tenha bom caimento e não fique com nenhum amassadinho, pedirá ajuda à esposa, que tem mãos mais cuidadosas e jeito para essas coisas.

Comentário da Sra. Einstein

Homens adoram resolver problemas em papel milimetrado... e não resistem a transplantá-los para a realidade. Esse processo nos deu a Teoria da Relatividade, o cálculo integral, o marxismo, o nazismo, a bomba nuclear e os chips de silício.

Mulheres fazem pequenas contas no verso de envelopes e, até agora, garantiram a continuidade da raça humana.

Lei da Sra. Platão
Os homens, quando morrem, esperam resolver o enigma do universo.

As mulheres querem saber onde foram parar todas aquelas meias desaparecidas.

Preocupação da Sra. Montenegro
A maior parte das mulheres se preocupa mais com as pessoas do que com as idéias. Por essa razão, é estranho que sempre ganhem os prêmios mais cobiçados e de maior prestígio.

Visão Dupla da Sra. Murphy
Homens estão apenas dando vazão a seus instintos; mulheres que dão vazão a seus instintos são vadias.

Homens ficam sempre espantados quando a mulher engravida.

Leis da Sra. Castro sobre as Mulheres
1. Uma mulher com quem um homem se casa por sua inteligência e originalidade é a mesma da qual ele mais tarde se divorcia por ser inteligente demais.
2. Homens consideram que o fato de uma mulher demonstrar saber mais do que eles sobre um determinado assunto em um jantar com amigos é um insulto à natureza masculina e um ato de deslealdade.

3. Um marido que leva a esposa para jantar fora espera que tudo dê certo e, se isso não acontece e ela reclama de algo, é porque tem sérios problemas com sua capacidade de expressar gratidão e, portanto, não merece ser convidada para jantar fora de novo.

Frustração de Porfíria
As mulheres em nenhuma circunstância devem usar as ferramentas dos homens.

Os homens, ao contrário, podem usar com todo o direito os garfos de visitas, as agulhas, a sopeira, as toalhas bordadas novas e a linha de costura para terminar qualquer coisa que estejam acabando de consertar.

Este livro foi composto na tipologia Humanist
BT, em corpo 10,5/14, e impresso em papel
Offset 90g/m² no Sistema Cameron da
Divisão Gráfica da Distribuidora Record.

Seja um Leitor Preferencial Record
e receba informações sobre nossos lançamentos.
Escreva para
RP Record
Caixa Postal 23.052
Rio de Janeiro, RJ – CEP 20922-970
dando seu nome e endereço
e tenha acesso a nossas ofertas especiais.

Válido somente no Brasil.

Ou visite a nossa *home page*:
http://www.record.com.br